Max Goldt

Aber?

Max Goldt

ABER?

dtv

4. Auflage 2025

Tumblingerstraße 21, 80 337 München
produktsicherheit@dtv.de
Gesetzt aus der Arno
Satz: Nadine Clemens, München
Druck und Bindung: Friedrich Pustet, Regensburg
Printed in Germany · ISBN 978-3-423-28488-2

INHALT

»HOMO-EHE« UND FRAUEN-FUSSBALL

Manchmal freue ich mich wie am Spieß, in einer Zeit leben zu dürfen, in der es niemandem aufgrund seiner Geschlechtszugehörigkeit oder sexuellen Orientierung verwehrt ist, bestimmte Dinge zu tun. Daher lacht mir das Herz angesichts eines jeden Mannes, der sich seine Fingernägel lackiert, und ich hoffe, daß die Geschlechtergerechtigkeit eines Tages so weit gehen wird, daß man demnächst auch mehr Frauen auf Baustellen sieht, insbesondere auf Straßenbaustellen im Hochsommer – bin aber auf meiner phantastischen Reise in die Unwahrscheinlichkeit bereit, mich fürs erste mit lackierten Männerfingernägeln zu begnügen.

Immerhin genießt der Frauenfußball inzwischen eine allerdings bisweilen etwas gewollt, ja erzwungen wirkende Popularität.

Ich kombiniere das Thema Frauenfußball sehr gern mit dem Thema »Ehe für alle«. Anfangs sagte man noch »Homo-Ehe«; daß man mit diesem umgangssprachlichen Begriff nicht zufrieden war, kann ich ohne weiteres einsehen, aber »Ehe für alle« klingt wie eine Drohung. Ich wüßte nicht, warum »alle« heiraten sollten. Von der Institution der Ehe profitieren vornehmlich

Scheidungsanwälte. Warum sind Verliebte und Familiengründungswillige so erpicht darauf, die Anwaltszunft zu alimentieren?

Die Frauen sind es, die heiraten wollen, und zwar wegen der Fotos und der Videos, und die Männer lassen sie gerührt gewähren, weil sie die Frauen lieben, zu Recht – Liebe hat immer Recht. Für viele Frauen jedoch ist die Hochzeit – das sag ich ohne Häme, sondern mit meinem bisweilen herben Realitätssinn – nicht selten die erste und manchmal auch schon letzte Gelegenheit zu einem Friseurbesuch in ihrem ganzen Leben. Das will ich niemandem madig machen. Ich mache auch ständig Fotos und Videos. Man will das flüchtige Dasein festhalten, und damit sich die Anschaffung der Kameras lohnt, baut man sich eben ein paar künstliche Höhepunkte ins Leben, bei denen man besser aussieht als beim Müllrunterbringen. Natürlich könnte man auch ohne Standesamt und ohne Geistlichen ein Schlößchen mieten, dort Hüpfspiele ausrichten und Videos noch und nöcher drehen und sich drei Jahre später ohne Anwalts- und Gerichtskosten einfach wieder trennen: Die Friseure sollen die Bräute mit turmhohen Frisuren verzieren, die Caterer Lachs auf salzige Plätzchen legen und mit der Quetschtube Sahne-Meerrettich auf die Lachsscheiben quetschen; wenn das zu einem videotauglichen Lebenshöhepunkt führt, will ich mich da nicht bewertend einmischen. Man kann auf den Sahne-Meerrettich noch ein paar schwarze Kügelchen aufbringen und alle glauben lassen, das wäre Kaviar. Dazu kann man gern zweihundert Leute in kurz zuvor gekaufter und daher noch nicht besonders gutsitzender Festbekleidung einladen, aber Staat und Kirche sollten doch bitte zu Hause bleiben.

Ich bin also gegen die Homo-Ehe, weil ich bereits die Originalversion, die Hetero-Ehe, für falsch und unterwürfig halte. Aus dem gleichen Grunde bin ich gegen Frauenfußball. Da ich allerdings als nachdenklicher und friedliebender Mensch die Neigung habe, überall nach dem Positiven Ausschau zu halten, sage ich über Fußball zunächst drei nette Dinge.

Erstens mag ich gern junge Leute, die gutgelaunt herumwetzen. Auf dem Platz der Republik vor dem Berliner Reichstag, damals noch »Reichstagswiese« genannt, trafen sich in den achtziger Jahren an Sonnabendnachmittagen oft Amateurmannschaften, z. B. spielte die Mannschaft eines Berliner Indie-Plattenladens gegen eine Mannschaft, die sich aus den Mitarbeitern eines Rockkonzertveranstaltungs-Büros zusammensetzte. Da konnte man sich im Schneidersitz auf die Wiese setzen und so ein bißchen halbironisch herumjohlen. Bin manchmal hingegangen, hat mir gefallen, hinterher ging's noch ins Baumkuchen-Café am Holsteiner Ufer, oder man hob einen mit den fröhlich erschöpften Spielern.

Zum Zweiten mag ich den Klang großer Stadionspiele. Diese akustischen Begeisterungs-und Enttäuschungswellen, von zig Zehntausenden verursacht, sind tontechnisch bezaubernd, ähnlich den Krähenschwärmen an frühen Winterabenden oder den von Millionen und Abermillionen Individuen erzeugten Froschkonzerten, die man im Frühjahr allabendlich am Federsee in Baden-Württemberg erleben kann. Als Tontechniker würde ich meine kostspieligsten Stereomikrophone nicht für zu schade halten, Material für großartige Soundcollagen in Fußballstadien zu sammeln, nur bin ich mir ziemlich sicher, daß sich bereits Dutzende der erlesensten Klangfüchse mit diesem Thema auf höchstem Niveau beschäftigt haben. Vergleichbar sicher bin ich mir, daß ein guter Teil der Stadionbesucher nicht wegen des Sports das Stadion besucht, sondern um mitverursachender Bestandteil dieser popkulturellen Froschkonzerte zu sein.

Zum Dritten möchte ich berichten, wie ich in den neunziger Jahren die Nachmittage verbrachte, an denen Endspiele von Welt- oder Europameisterschaften ausgetragen wurden. Ich ging Klamotten, auch »Anziehsachen« genannt, einkaufen. Ich bin nie gern Anziehsachen einkaufen gegangen, dachte jedoch, wenn »Fußball ist«, dann sind die Kaufhäuser leerer als sonst. Waren sie auch. Doch waren sie durchaus nicht ganz leer. Ich durchstreifte die Kaufhäuser, wo ich ziemlich viele muskulöse junge Kerle mit den ihnen gebührenden heißen Tanten sah und alsbald wußte: Das sind Eishockey-Fans. In deren Augen ist Fußball ein lächerlicher Sport für »Weicheier«. Meine Wortwahl wäre das nicht, aber inhaltlich bin ich d'accord.

Fußball ist populär wegen seiner ungeheuren Verläßlichkeit und ähnelt darin den Shows unserer Schlager-Queens. Niemals würde Helene Fischer die Zuhörer mit unerwarteten Takten und gewagten harmonisch-melodischen Einfällen überraschen. Es herrscht unerbittlich überbetonter Viervierteltakt bei gleichmäßiger Lautstärke und konstantem Feuerwerk. Die gleiche garantierte Überraschungslosigkeit herrscht im Stadion – die Variationsbreite dessen, was dort geschehen könnte, ist extrem gering. Das letzte Mal, daß während eines Fußballspiels etwas wirklich Überraschendes geschehen ist, war 1985, als bei der Begegnung Turin – Liverpool das Brüsseler Heysel-Stadion zusammenstürzte.

Eine interessante, aber nur selten öffentlich gestellte Frage ist, warum kommerzieller Fußball von der Politik sämtlicher Richtungen als so ungemein befürwortens- und fördernswert angesehen wird. Der ursprüngliche Gedanke war ja wohl, Menschen, die Hannah Arendt noch angenehm unvorsichtig »den Pöbel« nannte, mit solchen Angeboten zu bändigen und die destruktiven gesellschaftlichen Kräfte in kontrollierbare Bahnen zu lenken. Daß dies indes überhaupt nicht gelingt, wird einfach ignoriert. Man denke an die Mundwinkel der Nachrichtensprecher. Zehn Minuten berichten sie mit teils schnurgeraden, teils entrüsteten Mundwinkeln von Missetaten und Unwettern, bis sich die Mundwinkel plötzlich nach oben biegen, weil von Fußball die Rede ist. Weil, in der Sprache des Establishments ausgedrückt, als deren Sprecher und Bestätiger sie dienen, Fußball etwas »einfach nur Wunderschönes« ist.

Als »wunderschön« gilt z. B. die Annahme, daß der Arbeiter und der Universitätsprofessor im Stadion nebeneinandersitzen und sich gemeinsam ihren sogenannten »emotionalen Momenten« hingeben. Tun sie das wirklich? Wenn ja, fühle ich mich an die Befürworter der Plattenbauten in der DDR erinnert, die stets verkündeten, Schweißer und Herzchirurg würden darin Wand an Wand in identischen Wohnungen neidlos und friedensreich nebeneinander hermurkeln.

Obendrein wird im allgemeinen berichtet, daß Fußball eine ungeheure integrative Kraft habe. Hier deutet sich eine weitere zu selten gestellte Frage an: In was genau wird man eigentlich als fußballspielender Malier, Bosnier oder Syrer integriert? Natürlich »nicht wirklich« in eine neugierige, geistig bewegliche, innovationsbegrüßende Gesellschaft, sondern in die konsumistische, kleinbürgerliche Normalität, auf deren Beifahrersitz winkend eine entsprechende heiratswillige sexy Ische sitzt, die da allerdings garantiert nicht mehr sitzen wird, wenn die Aufenthalte in Florida und auf der sogenannten Insel »Malle« weniger regelmäßig werden.

Einmal war ich in Leipzig und wollte mit der Bahn irgendwo hinfahren, der Hauptbahnhof war wegen eines Fußballschnickschnacks jedoch gesperrt. Die Reisewilligen wurden mit Bussen zu einem Bahnhof mit dem mir unvergeßlichen Namen Leipzig-Liebertwolkwitz gefahren, wo sie erst mal eine halbe Stunde in einem reiseunwilligen Regionalzug saßen. Dann kamen plötzlich etwa hundert extrem unintegriert wirkende einheimische junge Männer die Treppe zum Bahnsteig hinaufgestapft, sogenannte Ultras, worauf ein Bahnmitarbeiter die Insassen der dösenden Waggons aufgeregt aufforderte, den Zug zu verlassen. Er kam auch extra in die erste Klasse und rief: »Auch aus der ersten Klasse die Reisenden sofort raus. Die Herrschaften hier kennen keine erste Klasse.«

»Herrschaften« nannte der Bahnmitarbeiter Brutalos, die einen Zug kapern. Das ist ein schönes Beispiel für versteinerte Ironie.

Seit dem Ende des Feudalismus hat man, insbesondere polizeilich, gern Leute vom unteren Ende der sozialen Skala als »Herrschaften« bezeichnet. Noch im Jahr 2024 lautete eine an osteuropäische Obdachlose gerichtete Durchsage am Berliner Bahnhof Zoo: »Die Herrschaften da bitte mal nicht ihre Bierdosen auf den

Briefkasten stellen. Da wollen Leute ihre Post einwerfen!«

Also alle raus in Leipzig-Liebertwolkwitz. Die »Herrschaften« rein. Da stand man wieder auf dem Bahnsteig als armer Untertan. Normalerweise hätte davon anderntags in der Zeitung berichtet werden müssen, aber Gewalt und untertäniges Kuschen in Zusammenhang mit Fußball werden grundsätzlich verharmlost. Es stand nichts in der Zeitung. »Ist halt Fußball«, wird gesagt, als ob das eine Jahreszeit wäre, deren Kapriolen man nichts entgegensetzen könne.

Gegen Frauenfußball würde ich sehr gern keinen Mucks sagen, schon weil er bislang keine Gewaltexzesse verursacht. Ich würde ihn sogar befürworten, wenn pro übertragenem Frauenspiel ein Männerspiel wegfiele. Und wenn es gar Ziel des Frauenfußballs wäre, den Männerfußball zu vernichten, würde ich einem Förderungsverein beitreten. Aber so ist es nicht. Es soll ja bloß immer mehr Fußball sein, immer mehr Bedröhnung, immer mehr Ablenkung und Gejohle, und wenn die jungen Männer, die normalerweise für die Bedröhnung zuständig sind, sich mal ausruhen, dann müssen eben U-18-Leute ran, Behinderte, Frauen, Senioren und am Ende gar LGBTQ-Menschen, und falls sich diese aus reinem Resttrotz zu schade fürs Fußballspielen sein sollten, wird eben Handball gespielt von Männern und Frauen und Kindern und Rentnern und allem anderen, was Hände und Füße und ähnliches hat. Aber wird es nicht irgendwann doch zu viel? Im Sommer 2024 folgten direkt auf die Fußball-Europameisterschaft die Olympischen Spiele in Paris, bei denen auch schon wieder Fußball gespielt wurde. Braucht man nicht irgendwann mal etwas anderes? Allem Anschein nach leider nicht. Schaut man sich bei Wikipedia in den Einträgen über Städte die Rubrik »Söhne und Töchter der Stadt« an, wird offenbar, daß seit etwa 1975 fast nur noch Fußballspieler und ähnliches geboren werden. Vorher überall bedeutende Astronomen, Rechtsgelehrte, Künstler und Entdecker chemischer Elemente, seit 1975 jedoch, egal in welcher Stadt, nur noch Fußballer, Snowboarder und Hawaii-Triathlon-Teilnehmer. Zwischendurch ist allenfalls mal ein Rapper und die eine oder andere Rapperin einem Muttermund entschlüpft. Wird man mit diesen Leuten die herausfordernde Zukunft meistern? Frag ich nur mal so und schlage vor, ab und zu auch mal wieder nützlichere Leute zu zeugen und zu gebären.

Interesse für Fußball gehört, ähnlich dem unentwegten Verzehr von Pizza, zum deutschen Konzept von Bodenständigkeit. Wer nicht bodenständig ist, gilt als abgehoben, und wer abgehoben ist, gehört nicht dazu. Gegner des kommerziellen Fußballs haben heute den Status, den noch vor wenigen Jahrzehnten Homosexuelle hatten, sind also prädestinierte Mobbing-Opfer. Wer nicht gemobbt werden will, lügt eben und behauptet, er würde sich für Fußball interessieren, sogar für Frauenfußball. Im Privaten meint zwar beinahe jeder, daß er sich für das Herumgebolze von Frauen nicht im Traum interessiert, in der Fernsehtalkshow jedoch sagt das niemand. Diese Gegensätzlichkeit von privaten und öffentlichen Äußerungen erinnert mich abermals heftig an die DDR.

Und erinnert sich noch jemand an den Mucks, den ich nicht äußern wollte? Ich sag den Mucks jetzt aber doch: Das Einzige, was ich am Fußball reizvoll zu finden mich durchringen könnte, ist die zuvor erwähnte an- und abschwellende Soundkulisse bei großen Spielen. Die kriegt man bei Frauenfußball freilich nicht geboten. Diese Spiele klingen, als ginge man an einem heißen Sommertag an einem Kinderfreibad vorbei. Und wie langsam all diese Polizistinnen, Zöllnerinnen und Parkraumbewirtschafterinnen sind! Mich persönlich stört das mangelnde Tempo nicht. Im wahren Leben muß man selten schnell rennen. Und wenn doch, im Bahnhof etwa, muß man sehr achtgeben, daß man andere nicht umrennt. »Ein Gentleman beeilt sich nicht«, lautet ein Satz, den ich seit meiner Kindheit kenne und als einleuchtend begreife; da ich in meiner Kindheit nicht von Menschen umgeben war, die sich mit Ladies und Gentlemen auskennen konnten, nehme ich an, daß ich dieses Lebensprinzip durch eine Fernsehserie kennengelernt habe, »Graf Yoster gibt sich die Ehre« vielleicht.

Am besten also, man bewegt sich zivilisiert und gemächlich. So wie die Fußballerinnen in den trotz aller von ARD und ZDF betriebenen Propaganda nach wie vor glücklicherweise nur mäßig besuchten Stadien oder wie die beiden Parkraumbewirtschafterinnen, die fast täglich durch meine Wohnstraße schlendern. Da ich kein Auto habe, grüße ich sie immer höflich, und sie grüßen zurück, ebenso höflich, aber auch verwundert, weil sie sich fragen, warum ich sie bloß immer so höflich grüße.

Etwas ermüdet fasse ich zusammen: Die Homo-Ehe ist genauso nutzlos wie die Hetero-Ehe, und Frauenfußball so kläglich und trist wie Männerfußball, aber noch ein kleines bißchen langweiliger.

ABER?

Ein Stück, das Fragen der gesellschaftlichen Ungleichheit berührt, also das, was man neuerdings »Klassismus« nennt.

Eine Compagnie historisch kostümierter Stelzenläufer bewegt sich mit beeindruckender Geländegängigkeit an einem Straßencafé vorbei.

Auf der Schankterrasse sitzen zwei Männer an runden Tischchen. Sie kennen einander nicht. Der eine ist ein ungezwungenes älteres Kerlchen der Sorte, vor der sich in acht nehmen sollte, wer nicht zugetextet werden möchte, der andere ein auf Distanz bedachter Neo-Bourgeois, gut gekleidet, zumindest so gut, wie es im deutschen Straßenleben gerade noch ertragen wird. Beide betrachten die Stelzenläufer lächelnd.

Der Bourgeois denkt: Herrlich! So was Phantasievolles! So was Berührendes! Die poetische Kraft des Alltäglichen ... oder vielleicht eher: des Nicht-Alltäglichen. Was macht eigentlich André Heller?

Die Stelzenläufer sind weitergezogen. Man sieht nun, daß sich gegenüber des Cafés ein Friseursalon befindet, vor dem zwei Friseurinnen stehen und frisösenhaft rauchen.

Der Bürgerliche sieht der Stelzenläufercompagnie hinterher und sinniert: Sogar der Bahnhof von Mannheim hat neulich seinen 140. Geburtstag mit historisch kostümierten Stelzenläufern gefeiert, die allerdings Zukkerwatte an die Reisenden verteilten, was ich einen Zacken zu unhistorisch fand – und auch unpraktisch: In überfüllten Nahverkehrszügen steht sich's nicht gut mit Zuckerwattespießen. Muß man leider sagen, bei aller Freude an der Watte – und der Poesie!

Das Kerlchen wanzt sich an den Sitznachbarn ran: Gukken Sie mal: Frisösen!
Der Bourgeois *(unwirsch, weil abrupt aus seinem Gedankenfluß herausgerissen)*: Was denn? Wer denn? Wo? Wo ist was? Was ist denn irgendwo? Was genau meinen Sie?

Das Kerlchen *(mit nacktem Finger auf angezogene Leute deutend)*: Na, da drüben! Frisösen!
Der Bourgeois *(stolz darauf, genauestens informiert zu sein über die Gepflogenheiten des 21. Jahrhunderts)*: Werter Zeitgenosse! Nehmen Sie doch mal zur Kenntnis, daß wir im 21. Jahrhundert leben, einer Zeit, in der man Mitarbeiterinnen von Haarpflegestudios Friseurinnen nennt und nicht Frisösen.
Das Kerlchen *(arglos die Arroganz seines Gesprächspartners ignorierend)*: Wissen Sie, was meine Mutter immer sagte?
Der Bourgeois: Nein. Da ich bisher nicht das Vergnügen hatte, Ihrer Mutter vorgestellt zu werden, wüßte ich nicht, woher ausgerechnet ich wissen sollte, was Ihre Mutter immer sagte!

Das Kerlchen *(unvermindert arglos)*: Deswegen erzähle ich's Ihnen: Meine Mutter sagte immer: Wenn sie Haare schneiden, heißen sie Friseurinnen. Wenn sie vor der Tür stehen und rauchen, nennt man sie Frisösen.

Der Bourgeois *(hochtrabend ironisch)*: Ihre Mutter war wohl ziemlich »subtil«?

Das Kerlchen *(in die Hände klatschend)*: Ja! Meine Mutter! Das war vielleicht eine Marke! Subtil bis in ihren harten Kern! Kam dann aber gesellschaftlich ins Schlingern nach 89.

Der Bourgeois: Ich gönne Ihnen Ihre »subtile« Mutter, aber heute hat man Respekt vor Frauen!

Das Kerlchen: Na klar! Weiß ich doch! Haben Sie schon gehört, daß der Platz vor dem Kölner Bahnhof umbenannt werden soll in »Platz des Respekts vor Frauen«?

Der Bourgeois: Das ist eine Initiative, hinter der ich voll stehe.

Das Kerlchen: Aber hallo! Meinen Sie etwa, ich nicht?

Der Bourgeois *(kaum gebremst herrisch)*: Bis vor wenigen Augenblicken hatte ich, wofür ich durchaus dankbar bin, nur wenig Gelegenheit, mich darüber zu informieren, was Sie meinen oder nicht meinen.

Das Kerlchen: Entschuldigen Sie, daß ich Sie überhaupt angesprochen habe!

Nun fahren Autos vorbei, zweiundzwanzig an der Zahl, so ungefähr jedenfalls, wer zählt schon Autos, die an Straßencafés vorbeibrausen, und dann ist es wegen der Ampelschaltung vorübergehend aus mit dem Vorbeigebrause, weswegen man auf der anderen Straßenseite genau zwei lesbische Frauen sieht, lesbische Frauen der etwas robusteren Art.

Das Kerlchen *(mit zügig wiedererlangter Vergnügtheit)*: Gucken Sie mal, Lesben!
Der Bourgeois *(auf seinen Laptop starrend, um das lästige Gespräch abzuwenden)*: Es ist höchst unangebracht, die sexuelle Orientierung von Menschen zu bewerten.
Das Kerlchen: Hab doch gar nicht bewertet, nur erwähnt! Und Lesben gehören nun mal neben historisch verkleideten Stelzenläufern zu den ulkigsten Menschen überhaupt. Meist sehen sie aus wie Tierpfleger. Nur ohne den Namen des Zoos auf ihren Arbeits-Polohemden. Tierpark Hellabrunn oder Zoo Leipzig steht doch da normalerweise.
Der Bourgeois *(autoritär)*: Was heißt denn hier Arbeits-Polohemden? Überspannen Sie den Bogen nicht! Historisch kostümierte Stelzenläufer mit Lesben zu vergleichen ist eine Respektlosigkeit, die alles Bisherige in den Schatten stellt!
Das Kerlchen: Da bin ich jetzt aber überrascht! Ich dachte eher, Sie würden sich an dem Vergleich mit den Tierpflegern stoßen!

Der Bourgeois *(beinahe baff)*: Nein, wieso das denn? Lesbische Frauen sehen doch wirklich oft wie Tierpfleger aus, und daran ist meines Erachtens nichts auszusetzen. Tierpfleger sind schließlich wunderbare und liebevolle Menschen.
Das Kerlchen: Das ist ja nahezu ein Hammer, daß wir in diesem Punkt eine Art Einigkeit erreichen. Selbst zu den abweisendsten Kronenkranichen sagen sie »Mäuschen«. Hab ich neulich in einer dieser Nachmittags-Dokus über Zoologische Gärten gesehen. Eine Tierpflegerin näherte sich einem widerwärtig arroganten Kronenkranich, und was sagte sie? Sie sagte: Na, heute mal wieder schön abweisend, mein Mäuschen?
Der Bourgeois *(auftauend)*: Ich glaub, die Folge habe ich auch gesehen. Sie nennen wirklich jedes Tier »Mäuschen«. Haben Sie die Sendung gesehen, wo die Tierpflegerin zu dem Nilpferd ging, das Nilpferd sperrte seinen Rachen auf, und die Tierpflegerin sagte: Schön lecker Obst, mein Mäuschen?
Das Kerlchen: Kenn ich, klar! Und dann hat sie dem Vieh eine ganze Schubkarre voll Karotten- und Ananasbrocken ins Maul gekippt.
Der Bourgeois *(lachend)*: Ja, das ist eine gute Sendereihe. Sie verwenden auch erstaunlich gute Sprecher. Ich kenn jemanden, der dort als Sprecher beschäftigt war. Ein bißchen unter seinem Niveau, doch soweit ich weiß, hat er's gern gemacht, schlecht bezahlt war's auch nicht, aber … aber … allmählich muß ich jetzt mal.

Das Kerlchen: Toiletten sind, wenn Sie an den Spielautomaten vorbeigehen, links die Treppe runter.
Der Bourgeois: Nein, das meine ich nicht. »Ich muß jetzt« heißt: Ich muß jetzt zu einem Termin.
Das Kerlchen: Ja. Da haben Sie was angesprochen. *So* ist das. Unsereins muß immer nur aufs Klo. Interessante Leute haben Termine.
Der Bourgeois *(gütig einlenkend)*: Wir müssen manchmal auch zur Toilette. Was jetzt aber nicht bedeuten soll, daß ich mich als interessanten Menschen bezeichne.
Das Kerlchen: Müssen Sie ja nicht. Aber – wir hatten doch jetzt eigentlich ein schönes Gespräch. Ich weiß, ich bin nur ein einfacher Kerl. Ich hab mal einen Roman aus der Stadtbücherei gelesen, in dem Leute wie ich als Vorstadtvisagen bezeichnet wurden. Hat mich nicht persönlich beleidigt. Hab ja auch einen gewissen gesellschaftlichen Überblick. Aber wissen Sie was?
Der Bourgeois *(um Geduld bemüht)*: Was sollte ich denn jetzt schon wieder wissen?
Das Kerlchen: Ich würde einfach gern mal mit einem Menschen von außerhalb meines eigenen Milieus befreundet sein. Alle, die ich kenne, sind arm, in ständiger Meckerlaune und langweilig. Ich wäre gern mal mit einem Menschen befreundet, der gebügelte Hemden trägt, morgens Tee trinkt und nachmittags noch mal und dabei Zeitung liest, ins Theater geht und meine kleine Wenigkeit vielleicht sogar mal mitnimmt.
Der Bourgeois: Hohoho, auf Facebook nennt man so

was »Freundschaftsanfrage«. Hu hu hu, das ist ja hübsch. Ich muß mich sortieren, bevor ich darauf sachgerecht reagieren kann. Also: An sich bin ich schon ein Mensch, dem es ein ungeheures Anliegen ist, allen Menschen, die auf diesem – unserem gemeinsamen – Erdball herumspazieren, erst einmal mit Offenheit und Riesenrespekt zu begegnen, also zu allen, die mir sagen »Hey, ich bin der und der oder der Soundso und bin auch anwesend hier auf diesem schützenswerten Planeten«, freundlich zu erwidern »ist in Ordnung, daß du auch da bist – nicht nur in Ordnung, ist sogar richtig gut«, also jedem, der mir seine Hand reicht, ganz klar und unumwunden ins Gesicht zu sagen: Du bist eine wunderbar spannende, richtig wertvolle Mit-, ja, wie soll ich das ausdrücken, Mit-Gestalt, Mit-Erscheinung, aber …

Das Kerlchen: Aber?

HUMOR UND SO

Wann immer über das Thema Humor populär referiert wird, kommt, wie es scheint, unvermeidlich ein Zitat von Charlie Chaplin zum Vorschein, welches besagt, daß ein Tag, an dem man nicht gelacht habe, ein verlorener Tag sei. Diese Aussage ist ein lästiger alter Käse, unsinnig und unrichtig. Ich kann mich nicht erinnern, heute gelacht zu haben, aber ich war unverdrossen und gut zu Fuß, Menschen waren freundlich zu mir, und ich war freundlich zu ihnen, und ich habe einiges von dem, was ich mir vorgenommen hatte, erledigen können. Es war keineswegs ein verlorener Tag.

Man stelle sich auch einen Goldschmied vor: Den ganzen Tag hat er an einer kostbaren Uniformschließe für eine von ihm verehrte Industriespionin gearbeitet. Er ist behende bei der Sache, er tut, was er immer tun wollte, denn sonst hätte er diesen Beruf nicht ergriffen, er liebt die Materialien, mit denen er Umgang hat, und freut sich am allmählichen Entstehen von etwas Prachtvollem. Einen Anlaß, in Gelächer auszubrechen, wird er bei seiner Arbeit allerdings nicht haben.

Ärgerlich ist, daß die bloße Bereitwilligkeit zu lachen meist mit dem Vorhandensein von Humor gleichgesetzt wird. Ich schau mir schon lange die Menschen an und kann nicht feststellen, daß solche, die mit Humor gesegnet sind, häufiger oder lauter lachen als andere.

Vielmehr verhält sich der Humor zum Lachen wie die Musikalität zum Tanzen, und wie töricht wäre es, den, der sich still und aufmerksam ein Konzert anhört, für weniger musikalisch zu halten als den, der sich auf einer Party ausgelassen seiner Freude an Bewegung widmet.

Nicht selten hört man, daß der Humor eine lebensverlängernde Wirkung habe, sogar mehr noch als Sex und langjährige Partnerschaft. Dann hört man wieder, es sei das Lachen, welches den medizinisch günstigen Effekt ausübe, und zwar, wie es unter ortsgruppenleiterartigen Menschen gern heißt, weil beim Lachen zweihundertsoundsoviel Muskeln bewegt würden. Ja, was genau verlängert denn nun das Leben, Humor oder Lachen? Leben etwa auch die Angehörigen von Ausflüglercliquen, die in der Bahn alle paar Minuten gruppenzwanghaft aufkreischen, länger als Leute, die das nicht tun? Das fände ich ungerecht: erst alle nerven, dann auch noch länger leben.

Die sprachliche Lage in all diesen Fragen ist unbefriedigend. Witz, Komik, Humor – alles wird ständig leichtfertig durcheinandergebracht.

Es ist aber auch schwierig! Öffentlich auftretenden Künstlern, die diese Mittel anwenden, wird in Rezensionen gern bescheinigt, daß sie eine »erfrischend pointenlose Komik« erzeugen. Da kann man nur mit den Achseln zucken und sagen: Komik hat keine Pointen. Das mit den Pointen heißt Witz.

Und Witz wiederum wird ständig mit dem Erzählen von Witzen verwechselt. Die vielgefragte Fürstin Gloria von Thurn und Taxis schrieb einmal in einem Lebensratgeber, daß Leute, die memorierte Witze zum Besten geben, solche aus Witzbüchern beispielsweise, in ihren Kreisen sofort von der Einladungsliste gestrichen würden. In meinen Kreisen, sollte ich Kreise haben, ist das genauso. Ich kenne überhaupt keine Menschen näher, die in geselligen Runden vorgestanzte Witze erzählen. Das gilt in allen möglichen eher kleineren Kreisen als im peinlichen Sinne old school. Konversationsfähige Gäste, die ein gut fließendes, thematisch freies Gespräch mit frisch aus der Hüfte schießendem Witz bereichern, sind hingegen theoretisch überall willkommen, in der Praxis freilich nur bei Leuten, die einigermaßen mithalten können. Die anderen fühlen sich rasch überfordert und unbehaglich und empfinden es als Erlösung, wenn sie in vertrautes Terrain zurückkehren können, wo aufgeschnappte Sprüche und konfektionierte Fremdwitze repetiert werden.

Was mich immer wieder überrascht, ist die Beliebtheit schablonenhafter Witze bei Kindern. Es ist noch nicht lange her, daß ich in der S-Bahn hörte, wie drei vielleicht elfjährige Knaben einander einen Ostfriesenwitz nach dem anderen erzählten, und zwar keineswegs inhaltlich aktualisierte wie etwa »Wie viele Ostfriesen braucht man, um bei der Telekom anzurufen« – nein, sie beölten sich über die gleichen Witze, die schon vor 45 Jahren in Umlauf waren, und ein mir bekannter Vater berichtete neulich fast schockiert, wie ihm sein achtjähriger Sohn einen anscheinend gut hundert Jahre alten Witz erzählte: »Was sieht ein französischer Panzerfahrer im Rückspiegel? Antwort: die Front.« Wenn vorpubertäre Jungs mit ihren Glockenstimmen ressentimentgeprägte Witze aus dem Ersten Weltkrieg aufsagen, hat das allerdings schon wieder etwas Komisches, so wie es auch immer sehr komisch war, wenn während der zähflüssigen großfamiliären Geburtstagssitzungen meiner Kindheit ein bestimmter schlecht riechender alter Kerl, dessen genaue verwandtschaftliche Beziehung zu mir ich nicht mehr rekonstruieren kann, während des heiseren Vortrags seiner witzlosen Witze schleimig rasselnde Hustenanfälle bekam. Hätte man damals über seine Hustenanfälle gelacht, wäre man jedoch böse angeschaut worden, denn *den* Humor hatte der alte Knacker nicht: einzusehen, daß sein Husten komischer war als seine Beiträge zur Unterhaltung.

Im engeren Sinne bezeichnet Humor eine bestimmte heitere Lebenseinstellung, eine Gelassenheit, eine Fähigkeit zum Selbsttrost. Eine zentrale Frage in Max Frischs berühmten Fragebogen zum Humor lautet: »Haben Sie Humor, wenn Sie allein sind?« Genau darum geht es. Wenn man allein ist, tritt die selbsterzieherische Kraft des Humors zutage. Wer Humor hat, hat

Distanz zu sich selbst, kann sich von weitem sehen, ist dadurch gegen Wut und Haß zwar nicht gefeit, wird aber nicht von ihnen aufgefressen. Ein kluger Mann sagte mir einmal, Humor sei das Gegenteil von »sich gehen lassen«. Aus terminlichen Gründen bin ich leider noch nicht dazu gekommen, ausreichend über diese Aussage nachzubrüten: Möglicherweise hätte ich sonst festgestellt, daß sie zu sehr darauf aus ist, auf verblüffende Weise lebensklug zu klingen.

Daneben gibt es auch noch den weiter gefaßten, populäreren Humorbegriff, der alles Mögliche einschließt, was irgendwie mit spaßiger Unterhaltung zu tun hat. Wenn jemand sagt, daß er z.B. den »britischen Humor« liebe, ist damit gewiß nicht gemeint, daß er eine Schwäche für Einwohner Großbritanniens habe, die allein zu Hause sitzen und kraft ihnen innewohnender seelischer Selbstheilungskräfte die Sicht auf ihre mißliche Lebenslage relativieren.

Menschen, die weder Witz noch Sinn für Komik und auch keinen Humor haben, schämen sich manchmal dafür und sagen, sie hätten halt einen »anderen Humor«. Es ist sehr rücksichtsvoll gegenüber solchen tristen Menschen, sich an diese Sprachregelung zu halten. Dem »anderen Humor« begegnet man auch häufig, wenn man durch die Gegend fährt; überall trifft man Regionalpatrioten, die überzeugt sind, daß die Bewohner ihres Landstrichs über einen völlig eigenen Humor verfügen, den Außenstehende unmöglich verstehen könnten. Behauptungen dieser Art erinnern mich an einen touristischen Schnack, den man am Bodensee gern manipulierbaren alten Menschen erzählt: daß nämlich die Blumeninsel Mainau über ein völlig eigenes Inselklima verfüge. Angesichts der mediterranen Pflanzenpracht, die natürlich nichts anderem als dem großen Geschick erfahrener Gärtner zu verdanken ist, wird das Inselklimamärchen gern geglaubt, obwohl die Behauptung, daß eine Insel, die durch eine 200 Meter lange Fußgängerbrücke mit dem Festland verbunden ist, ein eigenes Klima haben soll, unfaßbar albern ist.

Mit dem Humor verhält es sich ähnlich. Die folkloristische Vorstellung, daß es regionale Humore gibt, übersteht keine seriöse Prüfung. Wenn wir einen tschechischen Witz von 1957 nicht lustig finden, dann liegt das daran, daß wir mit seinem kulturellen und politischen Hintergrund nicht vertraut sind oder daß er durch veränderte Tabukonstellationen überholt ist. Es bedeutet nicht, daß die Tschechen damals einen völlig anderen Humor hatten als unsereins im Hier und Heute. Selbst der vielgerühmte »jüdische Humor« verlöre viel von seiner Eigenart, wenn seine literarischen Zeugnisse nicht von einem betagten Burgschauspieler mit beeindruckender Nase vorgetragen werden, sondern von einem konfessionslosen Achtjährigen mit gar nicht beeindruckendem Stupsnäschen.

Man sollte allerdings auch die Möglichkeit in Betracht ziehen, daß es den Reiz der alten jiddischen Witze aus dem galizischen Shtetl eventuell sogar steigern könnte, wenn sie von einem unbeleckten Achtjährigen vorgetragen werden. Die Kulturfabriken würden überschäumen vor Begeisterung über den schönen Verfremdungseffekt. Am verfremdetsten wäre es freilich, wenn es in den jiddischen Witzen um Gegenstände ginge, von denen Achtjährige normalerweise keine Ahnung haben, vierundzwanzigteilige Kaffeeservices etwa, Panzer und Plattenspieler. Französische Panzer am besten, die deutsche Plattenspieler überrollen.

Könnte aber über kurz oder lang passieren, daß das ausführende Kind sich mißbraucht und ausgebeutet fühlt und unschöne Lebenswege einschlägt und bald schon Internet-Listen anführt namens »Fünfzehn ehemalige Kinderstars, die nicht gut gealtert sind«. Schon schlimm, was alles passieren könnte!

ÜBERRASCHUNG

Frisch frisierte und festlich eingesprühte Leute in Abendgarderobe steigen eine Freitreppe zu einem Theater hinauf.

Ein Mann: Auch schon so gespannt auf das diesjährige »Unwort des Jahres«?
Anderer Mann: Ach was! Wie alle anderen komme ich nur des fabelhaften rheinhessischen Weines wegen, der im Anschluß kredenzt wird.

Ein Moderator und eine Moderatorin stehen auf der Bühne. Sie tragen Headset-Mikrophone, die ungünstige, leberfleckartige Schatten im Mundbereich werfen. Im Hintergrund sieht man eine große Tombolatrommel, wie man sie aus alten TV-Shows kennt. Bei der Moderatorin könnte es sich um Anke Engelke handeln, bei ihrem Kollegen um den Fernsehliebling Jörg Pilawa, aber sicher sollte man sich nicht sein. Es ist alles so undeutlich, so traumhaft verschwommen, wie hinter einer beschlagenen Brille. Übrigens, nur mal ganz nebenbei: Gibt man bei Google »Jörg Pilawa« ein, schlägt die Suchmaschine vor: Jörg Pilawa Krebs, Jörg Pilawa schwul, Jörg Pilawa tot, Jörg Pilawa AfD. Bei seiner Kollegin kommt nicht Krebs, schwul, tot, AfD – da erscheint auf dem Bildschirm: Anke Engelke Tochter,

Anke Engelke Netflix, Anke Engelke YouTube, Anke Engelke Freund.

Alles einen Tick freundlicher. Das könnte man auch mal thematisieren in einer der derzeit so schaumreich betriebenen Geschlechterdebatten. Aber nicht jetzt.

Der Moderator: Herzlich willkommen zur großen Gala »Unwort des Jahres«.
Seine Co-Moderatorin: Es gibt eine winzige Neuerung.
Während sie das sagt, stellt sie mit Daumen und Zeigefinger die Winzigkeit dar, so wie es in den achtziger Jahren jener Westberliner Teppichhändler tat, der mit dem Satz warb: »Meine Preise sind so klein wie diese Pistazie.«
Die Anke-ähnliche Moderatorin fährt fort: Wir haben kürzlich mit der Redaktion des US-Magazins »People« geskypt und beschlossen, aus Gründen der transatlantischen Sparsamkeit die Bekanntgabe des Unworts mit jener des »sexiest man alive« zusammenzulegen.
Er *(neckisch zwinkernd)*: Wodurch zweifelsohne auch die Sprachkritik an Sexyness zulegen dürfte.
Er schreitet zur Trommel und sagt: Die Tombolatrommel steht dort nur zu Dekozwecken. Eine Leihgabe des Deutschen Fernsehmuseums in Wiesbaden.
Sie: Denn nicht das Los, sondern eine Jury soll entscheiden, beziehungsweise hat schon.
Er: Anke, was meinst du: Wollen wir die Trommel trotzdem mal anstellen, wegen des Schauwertes?

Sie, auf einen Anstellknopf deutend: Ja gern! Ist das der Knopf?
Er: Denk schon! Drück doch einfach mal drauf.

Sie drückt. Die Trommel dreht sich.

Er: Sieht ein bißchen redundant aus, wenn nichts drin ist.
Sie: Bißchen wie eine Waschmaschine, die man leer mit Zitronensäure laufen läßt, um sie zu entkalken.
Er: Das würd bei einer Waschmaschine doch keiner sehen, ob die leer oder voll ist.
Sie: Es sei denn, man hätte eine gläserne Waschmaschine.
Er: Wie ein gläserner Sarg, nur ohne Schneewittchen drin, und weniger länglich.
Sie: In einer rotierenden Lostrommel würde sich so ein scheintotes Schneewittchen auch nicht wohl fühlen.
Er: Da hast du was gar nicht so Dummes gesagt!

Schwenk aufs Publikum.

Ein Journalist, der aussieht, als ob ihm dringend Bullrich-Salz und mehrere andere Medikamente zugeführt werden sollten, macht sich Notizen und denkt: Das Niveau dieser Moderation ist ja wieder mal … unterirdisch. Genau so werde ich's in meiner Kritik formulieren: Unterirdisch ist diese Moderation! Ich werde niemanden schonen. Ich zittere vor Gram. Ich kann das

Wort »unterirdisch« nicht schreiben vor lauter Gramgezitter. Zu Hause werde ich's kaum lesen können, aber merken kann ich mir das Wort »unterirdisch« auch nicht! Ich werd zu Hause sitzen und denken: Was steht denn da bloß in meinem Krakelheftchen? Interdisch? Uniridisch? Hat mir meine Frau nicht vorhin nachgerufen: »Nimm deine Tabletten, bevor du zu der Unwort-Präsentation gehst!«? Und wieder habe ich nicht gehorcht! Ich bin ein Wicht ohne Impulskontrolle, ein zittriges Nothing!

Zurück auf der Bühne.

Der Moderator: Nun, liebe Anke oder Anke-ähnliche Person, was glaubst du, was ich in meinen beiden Sakkotaschen habe?
Sie: Nudeln? Reis? Angesagtere Sättigungsbeilagen?
Er: Witzig! Aber … nicht richtig. Nein! Zwei Zettel. Einen, wo draufsteht, wer der neue »sexiest man alive« ist, und einen, auf dem das Unwort zu lesen ist.
Sie: Zeig her.
Er nimmt den angekündigten Zettel aus seiner linken Sakkotasche und versucht vorzulesen: Hm. Ehm. Mein Gott, nee. Schlimm, schlimm, schlimm.
Wie oft habe ich meinen Sekretärinnen und Sekretärinnen nicht schon gesagt, daß sie E-Mails nicht immer in dieser Minischrift ausdrucken sollen! Ich kann überhaupt nichts lesen.

Er hält sich den Zettel direkt vors Gesicht und sagt: Keine Chance! Unentzifferbar!
Sie, mit einem Feuerzeug nahend, sagt: Ich leuchte dir.

Der Zettel verbrennt.

Er: Anke, jetzt hast du den Zettel verbrannt, und wir werden nie erfahren, wer »sexiest man alive« ist.
Sie: Dann greif ich in deine rechte Sakkotasche und verkünde das Unwort!
Er: Du greifst mir nirgendwohin. Ich greife selbst. Also: Das Unwort des Jahres ist …

Schwenk aufs Publikum.

Popkornknuspernde Menschen sitzen da und schauen erwartungsvoll.

Einer flüstert seiner Begleiterin hochgespannt ins Ohr: Wahrscheinlich wird's »Anti-Abschiebe-Industrie«.
Die Begleiterin flüstert zurück: War doch schon 2018!

Der medikationsbedürftige Journalist hat aufgehört zu zittern. Mit einer viel zu kleinen, schon fast zerkrümelten Zellstoffsektserviette wischt er sich den Schweiß vom bleichen Antlitz.

Zurück auf der Bühne.

Er: Das Unwort des Jahres ist …
Sie *(ungeduldig aufstampfend)*: Sag's endlich!
Er: Noch nie was von dramatischen Verzögerungstaktiken gehört?
Sie: Was meinst du, was ich auf der Fachhochschule für Conférence und Ansagedienste in Bergisch-Gladbach gelernt habe? Bestimmt nicht Möhrenraspeln!
Er: Das Unwort des Jahres, meine Damen und Herren aus dem ganzen Sendegebiet, von Mecklenburg-Vorpommern über Hessen, Sachsen-Anhalt, Bayern bis runter ins Saarland …
Sie: Willst du jetzt alle sechzehn Bundesländer aufzählen?
Er: Geduld hast du auf der Conférenciersfachhochschule wohl nicht gelernt.
Sie: Doch, hab ich. Montagvormittag und Freitagnachmittag gab's immer eine Stunde Geduld. Die Geduldslehrerin hieß Frau Borowka und wurde nicht ein einziges Mal zur »Lehrerin des Jahres« ernannt. Aber sag endlich! Man kriegt ja schon Käsefüße vor lauter Spannung.
Er: Das Unwort des Jahres ist …
Sie: Gleich kommt's!
Er: Frau!
Sie *(nach kurzer Baffheit)*: Ganz witzig eigentlich!

Schwenk ins Publikum.

Nach anfänglicher Verdutztheit, man könnte fast sagen: Geschocktheit, beginnen sich einzelne Auditoriumsmitglieder zu regen und umzuschauen, wie die anderen sich verhalten. Wie reagiert die stellvertretende Staatssekretärin für innerhessische Angelegenheiten? Wie Iris Berben?

Irgendwo in der breiten Mitte des Saals macht sich ein Herr bemerkbar, der »Endlich mal eine Überraschung!« ruft und aufgeregt ein trotziges Einzelklatschen beginnt. Das finden einige andere im Raum witzig und stimmen in den Applaus ein. Nun rundet sich alles. Man will Bestandteil sein. Die frisierten und besprühten Menschen lassen sich ein wenig gehen und fühlen sich wunderbar. Am Ende donnert der Saal.

Hinterher.

Leute stehen fröhlich beieinander und trinken den guten rheinhessischen Wein.

Eine Person: Als Abwechslung akzeptabel. Aber ob diese Wahl einen Paradigmenwechsel einläutet, möchte ich ein bißchen bezweifeln.
Eine andere Person: Ist bloße Überverwendung ein Kriterium?
Ein bereits alkoholisch Beeinträchtigter lallt: Der Wein war bei »Anti-Abschiebe-Industrie« aber besser als bei »Frau«.

Medienecho.

Typ mit Mikro steht vor den trinkenden Menschen und spricht: Natürlich hätten wir von der ARD mit einigen dieser fröhlich zechenden Menschen gern ein Interview geführt über ihren höchst eigenartigen Applaus angesichts dieser gelinde gesagt unkonventionellen Entscheidung, aber sobald ich mit meinem Mikrophon komme, verstummt der angeregt murmelnde Saal.

Zum ARD-Journalisten spricht nun **die Organisatorin des Abends,** auch schon mäßig knülle, aber noch beherrscht: Du Herbert, du weißt das vielleicht noch nicht, aber einer deiner Kollegen ist während der Veranstaltung gestorben. Hatten wir bisher noch nie, nicht bei »Anti-Abschiebe-Industrie«, nicht bei »Klimaanlage«, ich meine »Klimalüge«, und nicht bei »Lügenpresse«.Nicht mal bei »Gutmensch«.
Ja, der von der »Rheinhessischen Post«, der, der immer so geschwitzt hat, der, wo immer keiner daneben sitzen wollte. Ich muß jetzt seine Frau anrufen und der sagen, was Sache ist. Es sei denn, du machst das jetzt für mich. War ja dein Kollege.
Der Journalist: Ich kannte den eigentlich nicht.
Die Organisatorin: Ich eben auch nicht, und deswegen würde ich vorschlagen, daß du mal aufhörst, hier mit deinem Mikrophon aufdringlich umherzuschleichen. Ich frag mal Iris Berben, ob sie bei der frischgebackenen Witwe anrufen möchte. Die ist doch immer so sozialkompetent.

Der Journalist: Okay. Machen wir so. Wir sehen uns ja eh.

Die Organisatorin: Wir sehen uns sowieso. Rein milieubedingt.

EDELGAS-ERLEBNISZENTRUM KÖTZSCHENBRODA

Wir sollen nicht mehr »neue Bundesländer« sagen. So neu seien sie nicht mehr, diese Bundesländer. Sie seien schon lange »bei uns«. Es sei falsch, ganz falsch, sogar diskriminierend, »neue Bundesländer« zu sagen. Ich möchte an einen Cartoon meiner Kollegen »Hauck und Bauer« erinnern, in dem einer sagt: Man darf nicht »neue Bundesländer« sagen, und der andere erwidert: Ich sag sogar noch »Neues Testament«.

Die neuen Bundesländer haben Deutschland ungemein bereichert. Die DDR hat in praktisch jeder Stadt mit mehr als 20 000 Einwohnern ein großzügiges Kulturhaus errichtet, einen professionell ausgestatteten Theaterraum, in dem systembedingt zwar nicht jede Art von Kultur erwünscht war, immerhin jedoch gab es überhaupt Räume für Kultur, was die DDR von der Bundesrepublik vorteilhaft unterschied. Nicht wenige dieser alten Kulturhäuser verfallen mittlerweile, aber nicht alle. In denen, die weiterbetrieben werden, finden oft Schlagerveranstaltungen statt, aber nicht nur.

In eines schauen wir mal hinein. Es heißt »Tivoli«. Der Fünfziger-Jahre-Schriftzug der Leuchtreklame steht unter Denkmalschutz. Angekündigt ist heute ausnahmsweise keine »Große Sommergala des Deutschen

Schlagers«, sondern ein Vortrag namens »Geschlechtergerechte Sprache – Allererste Sahne oder gequirlter Quark?« Mancherlei Volk strömt dem Kulturhaus erwartungsvoll entgegen.

Ein Herr steht auf der Bühne. Er schimpft: Ich weiß, Sie erwarten jetzt von mir die übliche Litanei gegen das Gendern. Aber: Das Thema »Geschlechtergerechte Sprache« hat noch ganz andere Dimensionen. Zum Beispiel: Ständig hört man was über Hurensöhne. Hurensöhne in der UNO, Hurensöhne im Stralsunder Seniorenbeirat, Hurensöhne im Botanikbeirat des Bergzoos Halle an der Saale. Hurensöhne im Greifswalder Seniorenbeirat, Hurensöhne im Rostocker Seniorenbeirat. Habe ich gerade erst vorgestern eine E-Mail bekommen von einem Bürger, dem das mächtig stinkt! Dem die ganze Linie nicht mehr schmeckt, und zwar wirklich absolut nicht mehr. Hurensöhne in dem Kloster da in Brandenburg, wie heißt es noch, und natürlich Hurensöhne in Brüssel. In Straßburg auch. Ich könnte noch ewig aufzählen.

Mehrere Leute im Publikum denken: Müßte jetzt nicht unbedingt sein.

Der aufgebrachte Mann weiter: Nie, absolut nie, hört man allerdings, daß über Strichjungentöchter Klage geführt wird. Es scheint Strichjungentöchter schlechterdings gar keine zu geben!

Eine Frau in einer hinteren Reihe steht auf und tut kund: Oh doch! Ich bin eine! Mein Vater verkaufte sich in einer Gaststätte, einer Westberliner Gaststätte namens »Hoppla Sir«.

Einige andere im Publikum drehen sich nach ihr um.
Der Moderator guckt überrascht.
Zoom näher ran an die Frau.

Sie erzählt lebhaft: Heute lebt er in einem Seniorenheim, aber von 1980 bis 2010 war er ein äußerst erfolgreicher Verleger von Straßenkarten. Leider hat er diese ganze Navi-Geschichte verpennt, weswegen er noch mit 67 Jahren drogenabhängig wurde, was seinen Alterungsprozess enorm beschleunigt hat.
Frontalaufnahme **des Moderators:** Ein bewegendes Einzelschicksal, gewiß. Die Anteilnahme des ganzen Saales sei Ihnen sicher.
Eine andere Dame, weiter vorn im Saal, erhebt sich: Keineswegs ein Einzelschicksal! Mein Vater trug seinen Körper neben der Ketwurst-Bude im Bahnhof Berlin-Ostkreuz zu Markte. So finanzierte er sein Chemiestudium.
Der Moderator *(frech)*: Bisher bin ich eigentlich davon ausgegangen, daß man in der DDR gratis studiert hat. Das war doch wohl einer der Vorzüge unseres gewiß nicht fehlerfreien Staates.
Die Dame: Ach ja, stimmt. Nun, ich glaube: Er wollte sich mal eine hübsche Westhose leisten.

Der Moderator: Ach so. Sie meinen, in einer Osthose hätte ihn am Ostkreuz keiner aufgegabelt?

Empörung im Saal.

Eine Person: Solche schalen Witzchen sind ja wohl kaum angebracht angesichts einer Dame, die den Mut hat, sich vor all ihren Nachbarn zu erheben und sich zu ihrer tragischen Biographie zu bekennen.
Eine zweite Person: Die zweite Strichjungentochter auf die Bühne bitte!
Eine dritte Person: Wir wollen ihre ganze Geschichte hören.

Und so:

Die Strichjungentochter steht auf der Bühne neben dem mißlaunigen **Moderator,** welcher brabbelt: Na, dann schießen Sie mal los.
Die Strichjungentochter: In der DDR war mein Vater nach seiner Strichjungenkarriere Leiter des Forschungslaboratoriums für Edelgase im VEB Technische Gase. Nachdem der Betrieb von der Treuhand abgewickelt worden war, gründete er 1994 das »Edelgas-Erlebniszentrum« in seinem Heimatort Kötzschenbroda, das sich zu einem vielbesuchten Ausflugsziel entwickelte.
Der Moderator *(schlechtgelaunt)*: Und was genau gab es dort zu erleben?

Die Strichjungentochter: Erzähl ich Ihnen gern … Man konnte die Gase einatmen. Zunächst natürlich Helium …

Die folgenden Szenen werden in Sepiabraun gezeigt, um den Vergangenheitscharakter zu betonen. Zwar spielen die Szenen nicht in den zwanziger, sondern in den neunziger Jahren, aber solche Feinheiten interessierten die Vergangenheitseinfärber wohl nicht.

Der Vater der Strichjungentochter, in einem hübsch amtlichen Wissenschaftlerkittel, deutet auf einen großen, kräftigen Mann: Dürfte ich Sie mal nach vorn bitten? Sie haben so eine schöne bärige Baßstimme.
Der bärige Riese sagt: Gern stelle ich mich für dieses Experiment zur Verfügung!, und sperrt den Mund auf, worauf der Vater der Strichjungentochter das Ventil einer Gasflasche öffnet und dem Kraftmenschen ein Rohr in den Schlund schiebt.
Dieser schwebt nun durch die gewinnorientierte Volksbildungseinrichtung und ruft mit stark veränderter Stimme: Quiek, quiek, quiek! Ich bin ein detektivisch begabtes kleines Mäuschen!
Die anderen Führungsteilnehmer rufen begeistert: Micky Maus!
Der Vater der Strichjungentochter: Und? Traut sich jemand, Krypton einzuatmen? *(Und auf eine junge Dame deutend)* Sie vielleicht?

Eine junge Dame bekommt einen Schlauch an den Mund, der Vater der Strichjungentochter öffnet das Ventil einer Gasflasche, auf der Kr steht.

Nach dem Einatmen rauft sich **die junge Dame** die Haare und ruft: Oh weh, oh weh! Die Panzerknacker! Sie wollen bei mir einbrechen!
Die anderen Führungsteilnehmer begeistert: Onkel Dagobert!
Der Vater der Strichjungentochter: Und nun der Höhepunkt: Argon. Ein wahrer Leckerbissen unter den Edelgasen. Wer möchte?
Ein Kind: Ich!
Der Vater der Strichjungentochter öffnet ein Ventil, **das Kind** atmet das Gas abenteuerlustig ein, läuft im Anschluß mit Dracula-Gesten durch den Raum und ruft: Wegen vorsätzlichen Rumlungerns, Befehlsverweigerung und Westmusikhörens sperre ich dich jetzt für fünf Jahre in den Jugendwerkhof Torgau!
Die anderen *(entsetzt)*: Die lila Hexe! Margot Honecker!

Zurück im Kulturhaus »Tivoli«.

Aus dem Publikum begeisterte Rufe: Eine anrührende Biographie! Zeitgeschichte, hautnah erlebbar gemacht!

Die Strichjungentochter verneigt sich.

Der Moderator *(verbissen brabbelnd)*: Auch von mir ein herzliches Dankeschön!

Das Publikum erhebt sich, durchaus zufrieden, wenngleich nicht wirklich beglückt. Immerhin hat es mal wieder einen Abend erleben dürfen, an dem man nicht zu Hause sitzen mußte, sondern in sein wunderbares »Tivoli« hat gehen dürfen, wo man früher doch manch tolle Veranstaltung besucht hat, Holger Biege, Veronika Fischer, Stern Meißen Combo und Helena Vondrackova. »Unter der Asche meiner Liebe ist noch Glut«, hat sie gesungen, mit herrlichstem tschechischen Akzent: Das wird man niemals vergessen. Daß unter all dieser hustenerzeugenden tschechischen Asche ihrer unerschütterlichen tschechischen Liebe noch eine äußerst intensive slawische Glut glömme, das hat sie glaubwürdig dargestellt. Wahn-Sinn – einfach nur Wahnsinn. Glut. Lebt sie noch? Ja, lebt noch, und brillant sieht sie aus, doch hat sie sicher auch die eine und auch die andere Klitzekleinigkeit machen lassen.

Man ärgert sich, daß die Gastro-Menschen im »Tivoli«-Foyer ihre sieben Sachen bereits gepackt haben und es kein Schlückchen mehr zu trinken gibt. Wie bei solchen Veranstaltungen üblich, bleibt irgendjemand übrig, um dem Künstler, was in diesem Falle der grantige Moderator ist, mit Fragen zu Leibe zu rücken:

Darf ich Ihnen vielleicht noch eine Frage stellen?

Der Moderator: Ja. Sicher.

Der Veranstaltungsbesucher: Haben Sie eigentlich irgendeinen Beef mit der vor mehr als dreißig Jahren untergegangenen DDR?

Der Moderator: Im Gegenteil! Ich habe, wie Sie das nennen, Beef mit den Leuten, die der Ansicht sind, von der DDR habe nichts überlebt außer den Ampelmännchen und den Märchenfilmen. Daß man unsere Lebensläufe einfach nicht würdigt.

Der Veranstaltungsbesucher: Das stimmt. Die DDR hat weiß Gott noch andere bleibende Werte hinterlassen als Märchenfilme.

Der Moderator *(frohlockend)*: Oh! Das freut mich zu hören! Wollen wir vielleicht noch in eine Gaststätte gehen?

Der Veranstaltungsbesucher: Gern! Da würde ich mich mit Ihnen über meine Leidenschaft unterhalten: Briefmarken. Denn die DDR hat eben nicht nur bessere Märchenfilme produziert als der Westen, sondern auch viel schönere Märchenbriefmarken.

Der Moderator *(resigniert)*: Ich fürchte, unsere Kneipen haben bereits alle zu.

DIESE WOLKENVERHANGENEN DUNKELZIFFERN

Entlarve ich gerade oder bin ich am Sezieren? Solche Überlegungen stellt ein Künstler an, ein Künstler der als satirisch bezeichneten Genres zumindest, sei er nun Comedy-Performer, Karikaturist, Comic-Zeichner oder Verfasser gesellschaftskritischer Lebensbetrachtungen, wenn er sich aufs Neue der Beurteilung ausgesetzt sieht, er wolle die Absurditäten des Alltags entweder entlarven oder sezieren. Es ist sehr auffällig, daß so gut wie sämtlichen Vertretern der genannten Kunstbereiche von allen, wirklich beinahe allen Journalisten bescheinigt wird, sie arbeiteten sich an den Absurditäten des Alltags ab. Da fragt man sich als Betroffener natürlich: Ist an Absurdität eigentlich irgend etwas interessant? Und was genau ist bitte schön der so oft erwähnte Alltag? »Métro, boulot, dodo«, sagen die Franzosen, also zur Arbeit fahren, arbeiten und schlafen. Zudem wohl auch noch Zähneputzen, Einkaufen und ähnliches. Als ich einmal in Definitionslaune war, schrieb ich, der Alltag sei die gleichzeitige Abwesenheit von Weihnachten, großer Liebe und Krieg. Darüber hinaus ist der Alltag seit den sechziger Jahren ein philosophisches Fachgebiet und eine damit verwandte, inzwischen ziemlich ausgezehrte essayistische Kategorie.

In der Welt der Floskelfreunde steckt der Alltag jedoch voller »Tücken« und Fallstricke sowie »großer und kleiner Katastrophen«, und wenn man erst mal bei denen ist, dann sind auch drei versteinerte und somit leider unvergängliche Phrasen nicht weit, nämlich erstens der »alltägliche Wahnsinn«, zweitens »die Banalität des Alltags« und drittens natürlich die kaum zu umschiffenden »Absurditäten des Alltags«.

Knöpfte man sich den Alltag unvoreingenommen vor, wäre allerdings, worüber man Rechenschaft abzulegen hätte als unvernebelter Chronist, gerade seine Tückenlosigkeit, seine Wahnsinnsferne und Katastrophenarmut.

Ein Alltagsbeobachter hätte über eingeübte Bewegungen, einen vollkommen durchgeplanten Kalender, ohne Jammer hingenommenen Trott und die Geschmeidigkeit der Tagesabläufe zu berichten. Unser Leben ist gekennzeichnet von Ordnung und Routine. Es klappt fast alles. In den Läden gibt es, was die Leute leider wollen. Was die Leute nicht mehr wollen, kommt manchmal ins Museum und meist auf den Müll. Die Müllabfuhr klappt wie am Schnürchen. Der Künstler tritt um Punkt 20 Uhr auf. Um 21 Uhr ist Pause. Die Schließerinnen verriegeln die Saalzugänge um 21 Uhr 20. Oder im Programmkino: Jeder Besucher stellt nach der Vorstellung seine Flasche, wohlgeordnet nach Getränkesorten, in die Flaschenkästen, die am Ausgang bereitstehen. In Finanzämtern und Krankenkassen sitzen fleißige Realschulabsolventen und irren sich meist nicht mit ihren Zahlenkolonnen.

Man beißt sich selten auf die Zunge und fällt niemals aus dem Bett. Stirbt man in einem Hotel, wird man spätnachts durch den Hinterausgang hinausgetragen. In den Hotelfachschulen lernt man schon im ersten Lehrjahr, daß dies »kalte Abreise« genannt wird. Damit sich der Mensch von all der guten Organisation erholen kann, gibt es den Traum und die Kunst, diese beiden wunderbaren Reiche, in denen man ausnahmsweise über die Stränge schlagen darf. Daß die Menschen trotzdem überall Absurdität zu wittern scheinen, liegt daran, daß ihnen in fünfzig Jahren Popkultur abgewöhnt wurde, über sinnführende Begriffe nachzudenken. Alles, was nicht in den Kram paßt, lästig, ungewohnt oder auch nur ungebührlich phantasievoll scheint, wird absurd genannt. Es gibt jedoch in jedem Fall ein zutreffenderes Wort. Jemand sagte, es sei doch absurd, wenn Leute, die vorgeben, sich um Mikroplastik in den Ozeanen zu sorgen, jede läppische Geburtstagsfeier mit 50 rosa Luftballons und jede ebenso läppische Abiturfeier mit 5000 Luftballons dekorieren. Ich erwiderte: Absurd nicht, sondern erschütternd inkonsequent.

Man müßte sich ganz schön schlimm den Kopf zerbröseln, wollte man sich einen Zustand, Vorgang oder Gegenstand überlegen, bei dem die Phrase »Absurdität des Alltags« halbwegs sinnvoll zu verwenden wäre. Manche Leute allerdings sind zum Kopfzerbröseln wie geschaffen, und daher kann ich folgendes vermelden: Die Berliner Verkehrsbetriebe stellen seit einigen Jahren an Bushaltestellen Wartehäuschen auf, die sich von den alten dadurch unterscheiden, daß ihre Dächer aus transparentem Kunststoff bestehen. Man findet also keinerlei Schatten in ihnen. Das könnte man durchaus als sinnwidrig, also absurd bezeichnen. Präziser jedoch wäre, von gedankenlosem Design zu sprechen und zu vermuten, daß der BVG-Mitarbeiter, der diese Fehlplanung abgesegnet, durchgewunken oder, weniger journalistisch gesprochen, genehmigt hat, selbst noch nie an einem heißen Tag auf einen Bus warten mußte.

Was ist eigentlich mit der anderen ständig behaupteten Eigenschaft des Alltags, der Banalität? Sind Buswartehäuschen banal? Ist das Zähneputzen banal? Auf keinen Fall. Doch bedürfte es sicherlich sehr guter Autoren, wollte man über das Zähneputzen und das Warten auf den Bus Texte lesen, die nicht banal sind. Aufgrund der beliebten Phrase von der »Banalität des Alltags« sind in der Umgangssprache »banal« und »alltäglich« mittlerweile zu einem Synonym verschmolzen, aber Umgangssprache reicht nicht immer aus, wenn man mehr als ein Sprechgeräusch erzeugen möchte, und im Grunde genommen ist Banalität etwas ganz anderes: Das, was man eigentlich nicht erwähnen müßte, das

Selbstverständliche, das, was eh jeder weiß – das ist Banalität. »Im Januar ist es kälter als im Juli.« Oder: »Wenn die Besteckschublade klemmt, ißt man mit den Fingern.« Solche Aussagen sind durchaus keine Sünde, wenn sie dem Konversationsfluß dienen. Es gibt allerdings tückischere Fälle von Banalität, versehentliche Banalität, die einem passiert, wenn man nicht aufpaßt. Medienleute sind unter dem Druck ihrer Eile besonders gefährdet. Neulich war von der Erhöhung des Brotpreises in einem orientalischen Land die Rede. Der Sprecher fügte hinzu, als sei das eine Information, unter dieser Preiserhöhung habe insbesondere die arme Bevölkerung zu leiden. Ja, sind denn auch Preiserhöhungen denkbar, unter denen die Wohlhabenden am meisten leiden? Die Erhöhung der Diamantenpreise vielleicht? In jeder News-Redaktion sollte einer wach genug sein, Sätze wie »Je länger die Suche dauert, desto geringer ist die Chance, in den Trümmern noch Überlebende zu finden« beherzt und ersatzlos zu streichen. Aus gleichem Holz geschnitzt ist die Top-Banalität des deutschen Nachrichtenwesens, die immer zum Einsatz kommt, wenn von unerfreulichen Zahlen die Rede ist, etwa von Drogentoten oder Sexualstraftaten. Wie viele hundert Male hörte ich nicht schon, daß hinzugefügt wurde: »Die Dunkelziffer dürfte jedoch wesentlich höher liegen.«

Ja. Das dürfte sie wohl in der Tat. Das haben die so an sich, diese wolkenverhangenen Dunkelziffern. Dunkelziffern sind ausgesprochen eigenschaftsarme Gestalten, aber eine einzige Eigenschaft haben sie immerhin: nämlich höher zu sein als die nachprüfbaren oder, wie man jetzt komischerweise immer sagt, belastbaren Zahlen. Freilich wäre es eine erfrischende Abwechslung, einmal zu hören: Zur Eröffnung der Landesgartenschau kamen 4.345 Besucher. Die Dunkelziffer ist identisch mit der offiziell bekanntgegebenen Zahl. Oder: Am Bahnhof sind gestern fünfhundert Frauen begrabbelt worden. Aber kein Grund zur Sorge: Die Dunkelziffer ist viel niedriger. Solcherlei Bekanntmachungen würde mancher jedoch, und ausnahmsweise völlig zu Recht, als absurd empfinden.

WIE ER DEN STIFT HÄLT!

Im Fundus der Österreichischen Nationalbibliothek wurde vor kurzem ein Schreiben entdeckt, das der Dichter Ernst Jandl in den sechziger und siebziger Jahren den Veranstaltern seiner mit enormer Emphase und Akribie zelebrierten Lesungen zukommen ließ. Es handelt sich um eine ausführliche Anweisung, die neben der Bühnenmöblierung, den Garderobengegebenheiten und dem Soundcheck, damals noch Mikrophonprobe genannt, auch Fragen des After-Show-Procederes, also des Signierens und eventuellen geselligen Herumsitzens behandelte. Es ist das Dokument eines Mannes, der nichts dem Zufall überlassen und jeder Unannehmlichkeit durch geschickte Vorbereitung aus dem Weg gehen wollte. Zum Beispiel meinte er, durch eine gute Plazierung des Signiertisches vermeiden zu können, von Menschen mit Kofferladungen alter Bücher behelligt zu werden.

Der Schriftsteller Hanns-Josef Ortheil fand diesen Brief so hübsch, daß er eine Reihe von Kollegen fragte, wie sie es denn mit den Lesungen hielten, und da ich in dieser Frage einigermaßen erfahren bin, habe ich mich berufen gefühlt, mich an der Aktion zu beteiligen, deren Resultate 2017 in einem kleinen, kaum beachteten Band namens »Die ideale Lesung« erschienen sind. Lesen Sie nun meinen Beitrag.

Ernst Jandl war der erste große Schriftsteller, den ich je bei einer Lesung erlebte. Es muß ca. 1980 gewesen sein, wahrscheinlich im Großen Sendesaal des Senders Freies Berlin, aber ich kann mich irren. Der Dichter wurde von einem sehr guten Jazzensemble begleitet, was ich imposant, aber unnötig fand. Er strahlte Majestät und Fülle aus, sein Habitus war gebieterisch, seine Texte beeindruckende Präzisionsarbeiten. Ich dachte damals: ein thronender Frosch, und noch immer ist meine erste Assoziation, wenn ich heute an Jandl denke, nicht »Ottos Mops«, sondern »Froschkönig«. Ich kann nicht ausschließen, daß ich bei meinen Lesungen mittlerweile selbst Majestät und Fülle ausstrahle und als thronender Frosch wahrgenommen werde – obwohl: Meine Stimme ist nicht froschartig und glücklicherweise, bei allem Respekt, viel besser als die von Jandl, der es an Wärme und Geschmeidigkeit mangelte – sie klang nach krankem Magen und eiserner Arbeit.

Vieles von dem, was in seinen Bühnenanweisungen aus den siebziger Jahren zu lesen ist, steht recht ähnlich in den Verträgen, die mein Agent mit den »Ansprechpartnern« der »Kulturfabriken« und Theater abschließt, in denen ich heutzutage Gastspiele bestreite. Allerdings ist es nicht mehr üblich, nach anstrengenden Leseabenden mit einem Rattenschwanz von lokalen Presseleuten und Adabeis in einem der von Jandl geschätzten »gutbürgerlichen Restaurants« längere

After-Show-Sitzungen abzuhalten. Nach dem Signieren trinkt man mit dem Veranstalter und eventuell dem einen oder anderen Übriggebliebenen ein Gläschen Wein im Stehen, selten auch zwei, und begibt sich rasch ins Hotel. Spätestens um eins liegt man im Bett, denn am nächsten Tag erwartet einen eine möglicherweise stundenlange Fahrt zur nächsten »Kulturfabrik«. Lesereisen sind heute richtige Tourneen, die kein Versacken dulden. Lesungen, wie ich sie verstehe, sind abendfüllende Theatervorstellungen mit Pause – somit eben keine 40-minütigen Promo-Auftritte in Buchhandlungen mit anschließender Befragung durch Lokaljournalisten.

Idealerweise erreicht der Dichter sein Theater anderthalb Stunden vor Lesungsbeginn und kümmert sich erst einmal ausführlich um die Gegebenheiten auf der Bühne. Wackelt der Tisch? Sollte er nicht. Ist der Stuhl brauchbar? Sitzt man auf einem zu niedrigen Stuhl an einem zu hohen Tisch, sieht es fürs Publikum aus, als ob ein abgeschlagener Kopf auf dem Tisch läge und gruseligerweise auch noch spräche. Am besten, man hat eine höhenverstellbare Klavierbank. Das Mikrophon sollte von einem Galgenstativ gehalten werden und nicht von einem Tischständerchen, denn mit einem solchen ist kein gutes Klangbild möglich, und man stößt immer mit seinen Zetteln dagegen. Der Abend würde klingen wie eine Podiumsdiskussion mit Politikern. Die exakte Positionierung des Mikrophons ist Feinarbeit, denn einerseits ist ein intimer, warmer Sound durch Nahbesprechung anzustreben, andererseits jedoch zu vermeiden, daß das Gesicht vom Mikrophon verdeckt wird.

Der Versuchung, sich die Mühen eines Soundchecks zu ersparen und einfach unverstärkt zu lesen, sollte man widerstehen. Selbst in kleinen Räumen geht das zu Lasten der dynamischen Nuancen, und man würde klingen wie ein Schauspieler, der sich Mühe gibt. Während der Ton- und Lichtproben sollte man stets souverän auftreten, genau wissen, was man möchte, und die Saaltechniker mit freundlicher Professionalität gewogen stimmen, denn mit denen darf man sich's am allerwenigsten verscherzen. Ein Saaltechniker ist stets ein potentieller Freund – oder Feind.

Nach der Probe gilt es, sich umfassend zu entspannen. Vielleicht ein bißchen umherschlendern, den Buchhändlern guten Tag sagen, vielleicht ein Weinchen trinken. Stimmpflegende Pastillen lutschen! Aufregungen und Überraschungen ist gewissenhaft aus dem Wege zu gehen. Keine Telephonate, kein News-Konsum auf dem Smartphone. Die letzte Viertelstunde vor dem Auftritt sitze ich bevorzugt gänzlich untätig und nach Möglichkeit gedankenlos auf einem Stuhl, denn beim Betreten der Bühne muß der Atem absolut flach sein. Jede Aufregung oder Anstrengung würde sich unüberhörbar durchs Mikrophon mitteilen.

Nun muß die eigentliche Veranstaltung mit Würde und Bravour hinter sich gebracht werden, wenn's geht, sogar mit Brillanz. Schwierig wird's mit dem Brillieren allerdings, wenn man erkältet ist oder aufgrund einer langen Anreise müde. Noch schwieriger wird's, wenn der Saal eine schlechte Akustik hat, wenn es hallt wie in einer Kirche und somit jeder Satz nach Predigt klingt. Es ist nicht leicht, mit einem Hustenbonbon im Munde präzise zu phrasieren, doch kann man es schaffen, vorausgesetzt, man erstickt nicht am Bonbon. Mit etwas Routine schafft man es auch, sich nicht irritieren zu lassen vom Getuschel aus der ersten Reihe. Die Routine darf jedoch nicht überhandnehmen. Walter Kempowski sagte mir einmal, Schriftsteller würden bei Lesungen immer an etwas anderes denken, weil ihnen ihre eigenen Texte schon zum Halse heraushingen. Da mußte ich dem verehrten Mann widersprechen: Man dürfe niemals abgelenkt sein, und sollte man gewisser Texte wirklich überdrüssig sein, seien sie umgehend aus dem Programm zu nehmen. Man habe doch hoffentlich genug anderes in seiner Mappe.

Dank solider Vorbereitung und einem guten Konzentrationsvermögen laufen meine Abende im allgemeinen »rund«. Zumindest in den Großstädten. Die Würze der Tourneen sind allerdings die Provinzveranstaltungen. Da kann es ausnahmsweise zu Zwischenfällen kommen. Ich hatte schon Wespenattacken, Besucher mit

Tourette-Syndrom, die unkontrolliert schlimme Wörter ausstießen, auf die Bühne springende Riesenhunde, explodierende Lampen und Boxen, die plötzlich so laut zu brummen begannen, daß das Publikum aufschrie wie in einem Katastrophenfilm. Einmal warf ein Knabe, angestiftet von seiner Mutter, aus dem Dunkel des Raumes ein Stofftier an meine Stirn, was sich im ersten Moment wie ein Kopfschuß anfühlte. Noch unangenehmer war ein Bürgermeister, der zur Eröffnung irgendwelcher Literaturtage den meine Person betreffenden Wikipedia-Eintrag als vermeintlich selbstverfaßte Rede vortrug; ich saß derweil auf dem Bürgermeistersitz in der ersten Reihe, schwitzte vor Scham und dachte: »So etwas gibt es also wirklich!«

Ja, es gibt alles mögliche. Mitunter auch die Sorte zahlender Besucher, von deren Existenz ich schon in den siebziger Jahren aus den Memoiren von Hildegard Knef erfuhr, nämlich Leute, die extra kommen, um einem zu zeigen, daß sie einen nicht mögen. Pflanzen sich in die Mitte der ersten Reihe, gucken böse und klatschen nicht. Einmal, im Deutschen Theater Göttingen, war es sogar Dr. Stephan, der Direktor meines alten Gymnasiums, der wohl gehört hatte, daß aus einem seiner Schüler etwas seiner Ansicht nach Nicht-Wertvolles geworden war, und sich nicht zu blöd war, sich im Alter von achtzig Jahren zwei Stunden lang mit verschränkten Armen, schnaubend und kopfschüttelnd, direkt vor mich zu setzen. Ich überlebte auch schon sich erbrechende oder in Ohnmacht fallende Zuhörer, Personen, die rausgetragen werden mußten wie seinerzeit bei Vorführungen des Films »Der Exorzist«. Einmal, auf einer Theaterbühne in Wien, fiel ich tatsächlich sogar selber in Ohnmacht: Der Noro-Virus hatte mich erwischt, ganz plötzlich.

Peu à peu hingegen rutschte eines Abends in Berlin der Vortragstisch nach vorn, weil die Veranstaltung auf einer aus künstlerischen Gründen schiefen Bühne stattfand; ein anderes Mal hat mir ein Gast in der Pause einen frisch gezogenen Weisheitszahn auf den Tisch gelegt – wahrscheinlich als Anspielung auf irgendeinen alten Text von mir, aber auf welchen? Bei einer unvergeßlichen Soirée in einem Stadttheater roch eine Person dermaßen ungewaschen, daß sich um sie herum eine Corona aus unbesiedelten Sesseln bildete. Sogar ich auf der Bühne roch den Mitmenschen. Neulich verzehrte ein allerdings vermutlich äußerst wohlriechender Mann in Basel eine halbe Stunde lang ungeknackt gekaufte Erdnüsse – ich konnte das irritierende Geräusch zunächst nicht deuten, weshalb ich zwischen zwei Texten sagte: »Das hört sich an, als ob jemand seit einer halben Stunde vergeblich versucht, ein Bonbon auszuwickeln.«

All dies sind jedoch lediglich Kuriositäten, von denen vermutlich jeder berichten könnte, der bereits wie ich »1000 plus« öffentliche Auftritte absolviert hat. Reisefreudige Bühnenmenschen erzählen einander solcherlei Döntjes gern im »Franz Diener« oder ähnlichen Künstlerlokalen. Normal sind die aufgezählten Vorkommnisse nicht. Normal ist bei mir ein verständiges, intellektuell geübtes und belastbares Publikum. Hin und wieder finde ich, daß meine Besucher am Ende längerer Texte ein wenig mehr klatschen könnten. Einen guten Applaus kriegt man eigentlich nur, wenn ein Text mit einer Schlußpointe endet. Schlußpointen vermeide ich jedoch normalerweise, weil ich sie als erzwungenes Entertainment-Element empfinde, es sei denn, sie ergeben sich ganz natürlich aus dem dichterischen Prozeß heraus. Andererseits bin ich froh, daß mir das öde Gelärme erspart bleibt, dem man bei Popkultur-Events ausgesetzt ist. Ich habe mich immer gefragt, wie Popmusiker es aushalten, als austauschbare Gekreisch-Auslöser behandelt zu werden. Nun – viele halten es ja auch nicht lange aus, und so sollte und kann ich mit meinem wackeren, aufmerksamen und kulturell erfahrenen Publikum sehr zufrieden sein. Bin ich auch!

Um so irritierender ist es, wenn man ausnahmsweise betrunken vor sich hin brabbelnde Zuhörer hat oder gar solche, die mit einer Clique kommen, welche unter dem Druck steht, unentwegt gruppenzwanghaft »abzulachen«. »Ablachen« erinnert mich an »abhusten« oder »abspritzen«. Da muß dringend was Schleimiges raus, das sich festgesetzt hat in den Katakomben des Körpers, und der Anlaß zum Rausspeien und Röcheln bist du, verehrter Dichter. Das Allerschlimmste freilich sind bekokste Besucher. Kokain scheint inzwischen die kleinbürgerlichste Droge von allen zu sein; sie wird viel häufiger konsumiert, als man denkt. Ihre User setzen sich grundsätzlich in die erste Reihe, schnauben saturiert, geben geistlose Kommentare von sich und fühlen sich dabei noch toller als der einst redensartliche »Graf Koks von der Gasanstalt«. Übel daran ist, daß man als Performer in die Verlegenheit gebracht wird, auf solche Pöbeleien zu reagieren. Da ich normalerweise nur vor freundlichen Leuten auftrete und auch, anders als manche anderen reisenden Vortragskünstler, überhaupt nicht »auf Krawall gebürstet« bin, habe ich keine Routine, was Zurechtweisungen angeht. Einmal habe ich es auf die subtile Art versucht und den Titel eines Songs von Dusty Springfield zitiert: »Quiet please, there's a lady on stage«. So etwas kapieren koksende Kleinbürger aber nicht. »Hähä, a lady, der Typ ist also ne Lady. Hamwa uns schon gedacht!« feixten sie.

Ob bekokstes oder unbekokstes Publikum: Hinterher wird signiert. Was Jandl über die Plazierung des Signiertisches sagte, ist sehr charmant. In der Tat sollte er so stehen, daß der Autor keinesfalls von hinten bedrängt werden kann. In einem seiner Tagebücher beklagte sich Walter Kempowski mehrmals über die »Zahnarztgattinnen«, die beim Signieren hinter ihm standen und launig-herablassende Kommentare abgaben. Sie existieren wirklich! Gern sprechen sie über den Autor in der dritten Person: »Der hat aber eine richtig schöne Schrift. Diese Unterschrift ist ja ein richtiges kleines Kunstwerk.« »Muß ja sein. Seine Texte sind ja auch richtige kleine Kunstwerke!« »Aber wie er den Stift hält! So krumm!« »Aber eine schöne Schreibmappe hat er! Sogar aus echtem Leder« »Der Stift ist auch sehr schön! Der Mann ist eben ein richtiger Profi!« »Meine Mutter hatte auch mal so einen schönen Stift, aber sie ist nach Thailand gefahren und hat den Stift dann nie wiedergefunden. Wahrscheinlich geklaut worden! Das Hotelpersonal wird ja so schlecht bezahlt!« Solcherlei Flut spießiger Kommentare ist jedoch gut eindämmbar, indem man den Tisch so stellen läßt, daß niemand hinter einem stehen kann. Da ich diesen Kniff seit Jahren kenne, bin ich normalerweise bestens gelaunt beim Signieren und freue mich über die kleinen Gespräche, die sich dabei ergeben, und beim einen oder anderen denke ich, wie schade es ist, daß man mit ihm oder ihr nicht befreundet sein kann. Die Leute mit den »Kofferladungen« alter Bücher, vor denen sich Jandl fürchtete, kommen hie und da durchaus vor. Aber sie haben keine Koffer mehr dabei, sondern Baumwollbeutel, und normalerweise sind sie höflich genug, sich ganz ans Ende der Schlange zu stellen. Auch sie benehmen sich gut, haben jedoch manchmal Probleme mit der Körperpflege. Männer, die was sammeln, waschen sich nicht. Warum? Man weiß es nicht.

Manchmal wird es bizarr. Nach einer Lesung im leider eigentlich immer etwas deprimierenden Staatstheater Kassel trat eine Dame von etwa zwanzig Jahren an meinen Tisch und bat: Schreiben Sie bitte rein: Für alle, die mein Klo benutzen.

So etwas hatte ich schon lange nicht gehört, seit den frühen neunziger Jahren nicht, als es noch häufiger vorkam, daß studentisch lockere Leute überflüssigerweise ihre Unverkrampftheit herausstellten, indem sie Schriftstellern mitteilten, sie würden ihre Werke bei der Verrichtung des Stuhlgangs genießen. Ich fand das immer ausgesprochen rüde und hatte gehofft, mittlerweile genug Würde angehäuft zu haben, daß mir solche Ansagen erspart bleiben, aber – leider nein.

Die junge Dame fuhr fort: Also: Für alle, die mein Klo benutzen: Lukas, Jan, Tim, Philipp, Marvin, Jannik, Nils, Dennis ...

Ich unterbrach sie in ihrer Aufzählung: Finden Sie es nicht unschicklich für eine junge Dame, dermaßen viele Herrenbekanntschaften auf ihre Toilette einzuladen?

Da rollte sie mit den Augen und schaute, als ob ich derjenige wäre, der sich einen Fauxpas erlaubt hätte.

Ich sagte: Gucken Sie nicht so feministisch!

Da mußte sie dann doch lachen, aber ob sie was daraus gelernt hat, weiß nur der Teufel.

MIT FJUTSCHERINCHEN IN DIE MITTELFRIST

Tschüs, Vati! Nimm dir nicht immer alles so zu Herzen! Ich bin mir sicher, daß Mutti eines Tages auch wieder normalere Laune bekommt. Sie meint es nicht so, wenn sie dir immer wieder diese schlimmen Worte sagt, bitte, lieber Vati, tu jetzt nichts Unbedachtes. Lauf einfach ein bißchen in der Gegend herum, trink irgendwo das eine oder andere Bier und kehre bitte nach fünf oder sechs Stunden leicht schwankend, aber wohlbehalten zurück! Bis dahin: Paß auf dich auf! Und benutz den Zebrastreifen! sagt ein kleines Mädchen zu seinem Vater, der infolge eines Beziehungsstreits innerlich kochend sein bescheidenes Häuschen verläßt.

Er küßt seine Tochter, läuft los und denkt: Muß mal ein bißchen an die Luft. In diesem Haus mit dieser Frau ist es ja nicht auszuhalten. Meine berufliche Situation ist na ja, meine Ehe so lala und mein Töchterchen ohne Zweifel durchaus okay. Die Gegenwart könnte man als teils-teils bezeichnen oder als durchwachsen. Wie wohl die mittelfristige Zukunft sein wird? Am besten, ich frag mal Fjutscherinchen. Die steht doch immer am Betriebshaltepunkt der Deutschen Bahn und raucht.

Und in der Tat. Eine junge Frau aus Blech, Draht und blaßfarbigem Kunststoff, der bloßen Erscheinung nach eine Mischung aus Robotina, der aus Sechziger-Jahre-Cartoons bekannten elektronischen Haushaltshilfe, und einem »Riot Grrrl« der Neunziger, steht am Betriebshaltepunkt der Deutschen Bahn AG und wartet auf irgendeine Art von Action.

Der junge Vater: Hey, Fjutscherinchen! Darf man sich nach dem werten Befinden erkundigen?
Fjutscherinchen: Haben Sie mal Feuer?
Der junge Vater: Nur wenn Sie mich mit in die Zukunft nehmen!
Fjutscherinchen: Da darf ich ja nicht rauchen.
Der junge Vater, Feuer gebend: Ich warte so lange. Ich muß mich auch noch ein bißchen runterfahren.
Nachdem sie ihre Kippe zertreten hat, sagt **Fjutscherinchen:** Jetzt folgen Sie mir bitte unauffällig.

Der junge Vater folgt ihr und denkt: Hihi! Das sagen scherzende Verkäuferinnen immer, wenn sie einen Kunden zur Kasse führen!

Die beiden erreichen einen Schuppen. Sie deutet auf eine Zeitmaschine, die genauso aussieht wie jene in der Verfilmung von H.G. Wells' Roman »Die Zeitmaschine«: ein aus heutiger Sicht »retrofuturistisches« Zweiersofa mit Baldachin und Schaltknüppel.

Man nimmt in dem Fahrgeschäft Platz. Ist Fahrgeschäft das richtige Wort?
Der junge Vater, anerkennend: Stylische Karre! Und bestens in Schuß!
Fjutscherinchen: Hab ich auf der »Retro-Classics« in Stuttgart gekauft, der größten Oldtimer-Messe der Welt.
Der junge Vater: Na, dann – flotti-flotti! Würd ich einfach mal so mal sagen!

Begleitet von Sounds wie aus übersteuerten Bandecho-Geräten der Vorsynthesizer-Zeit sausen die beiden Süßen durch die Jahre.

Die Zeitmaschine landet.

Fjutscherinchen, die Hand am Steuerknüppel: Ich hoffe, 2087 reicht.
Der junge Vater: Bin mehr als zufrieden. Ich wollt schon immer mal das Jahr kennenlernen, in dem meine kleine Tochter statistisch gesehen sterben dürfte.

Alles ist voller Moscheen.

Der junge Vater *(sich besorgt umschauend)*: Oh weh! Lauter Moscheen! Hatten die Knallköpfe der Gegenwart also doch recht.

Fjutscherinchen: Doch sie werden nicht mehr als Gebetshäuser genutzt. Eines Tages sind nämlich alle Moslems plötzlich friedlich entschlafen. Eine Art Gendefekt. Spielte sich alles ganz entspannt ab.
Der junge Vater: Ach?

Er sagt wirklich nur »Ach«. So wenig sagt er. Was er denkt, ist wortreicher, nämlich: Ich hab jetzt bloß »Ach« gesagt. Aber wie soll man auch sonst diese historische Volte kommentieren, ohne taktlos und unchristlich zu wirken?

Im Hintergrund taucht eine riesige Glaspyramide auf.

Fjutscherinchen: Wenig später allerdings sind die Angehörigen sämtlicher anderen Religionsgemeinschaften ebenso friedlich verstorben.
Der junge Vater: Ach so! Na ja, das ist ja eigentlich recht praktisch, auch wenn es um die einzelnen Menschen sicherlich schade war. Aber das Hauptproblem war eh die Überbevölkerung.
Fjutscherinchen: Es wären in der Tat weniger elegante Lösungen denkbar gewesen für dieses allergrößte Problem von allen.
Der junge Vater *(leise beiseite)*: Sogar ich selbst habe mir manchmal still und heimlich weniger elegante Lösungen ausgedacht.
Fjutscherinchen: Hab ich jetzt nicht verstanden, weil

ich noch einen Pfropf im Ohr habe von der Zeitreise. Bitte etwas lauter sprechen!

Der junge Vater: Ich sagte, sogar ich habe mir manchmal still und heimlich weniger elegante Lösungen des Hauptproblems der Gegenwart, nämlich der Überbevölkerung, ausgedacht. Weniger elegant zumindest als das lautlose natürliche Wegsterben der Religionen und der Religiösen.

Fjutscherinchen: Still und heimlich, klar. Ihr könnt ja nicht frei sprechen, ihr Gegenwartsmenschen.

Der junge Vater: Man kann schon, aber man will vorankommen, und man will auch mal geküßt, mit Marzipan verwöhnt und geknuddelt werden und nicht immer nur verlacht, gemieden und gerichtlich belangt. Egal. Was ist denn das da eigentlich für eine tolle Glaspyramide?

Fjuscherinchen: Das Abmagerungsinstitut. Doch es steht leer, weil es in die Förderprogramme der neuen Herrschaft partout nicht passen mag.

Im Hintergrund sieht man einige exorbitant dickleibige Weibsgestalten anwackeln.

Der junge Vater soll von nun an nicht mehr »der junge Vater« genannt werden, denn er hat einen Namen. Er ist nicht irgendein »Typ«, sondern ein Mensch mit einem Gesicht und einem Lebenslauf, einer, der eine Seele hat – und sein Name ist Sven.

Sven *(die herbeiwackelnden Gestalten offenbar nicht bemerkend)*: Was ist denn die neue Herrschaft für eine?
Fjutscherinchen: Na, schauen Sie doch mal! Eine Gyno-Lipokratie! Die Herrschaft weiblichen Fettes!
Sven *(ungehalten)*: Och komm, Mädel! Gyno-Lipokratie! Herrschaft weiblichen Fettes! So einen Käse können Sie der Funke-Mediengruppe erzählen, aber nicht mir!
Fjutscherinchen: Mäkeltypen haben keinen Platz in der Zukunft! Los, Heimreise! Außerdem will ich eine rauchen, und das geht ja nur in der Gegenwart.

Wie versteinert sitzt man schweigend in der Zeitmaschine. Rückreisen sind ja häufig fad, besonders, wenn man sich am Urlaubsort gezankt hat. Auch das Geräusch übersteuerter Bandechomaschinen will und will beim zweiten Mal einfach nicht den gewünschten retrofuturistischen Behaglichkeitsfaktor auslösen. Da Fjutscherinchen während der zerstritten schweigsamen Heimreise offenbar doch eine kleine Konzilianzattacke hat, landet das Flugobjekt direkt vor Svens Haus.

Aus dem Haus kommt seine Tochter auf ihn zugerast und ruft: Dad! Dad! Hast du mir Marzipan mitgebracht?

Er hievt seine Tochter hoch und denkt: Schon ganz schön schwer, mein erst achtjähriges Mädchen.

Fjutscherinchen winkt und startet ihr historisches Flugobjekt. Sven und seine Tochter winken auch. Das soll nun aber keineswegs ein Feelgood-Movie-Ende sein, denn im Haus sitzt nach wie vor Svens Ehefrau, die die Zeit beileibe nicht dazu genutzt hat abzukühlen. Das Haus scheint geradezu grünlich zu glühen vor lauter Frauenzorn. Es gibt Schnellschmoller und Langsamschmoller, und Svens Frau zählt leider zu den letzteren.

DIE BÜCHSE DER PANDORA

Man fragt sich bisweilen, wie die Zeit heißt, in der wir jetzt, genau in diesem Moment, leben. Einige Wohlinformierte sagen, unsere Zeit heiße Anthropozän. Ist ein Lexikon parat, in dem steht, was das eigentlich bedeutet? Nein? Nennen wir unser Zeitalter lieber Popkultur.

Die Popkultur ist gut darin, Menschen abzulenken und durch konstante Bedröhnung bei Laune zu halten, einer Laune, die einen mit kläglicher Musik, flauen Spielen in endloser Schleife und heimtückisch gesüßten Schrägstrich gesalzenen Lebensmitteln in eine hohle Zufriedenheit sinken läßt, eine Zufriedenheit, die bei geringster Reibung jederzeit zerplatzen und in Depressionen und Angststörungen zerfließen kann. Zur sittlichen Reifung und ästhetischen Schulung der Menschen trägt die Popkultur wenig bei. Es wäre schön zu wissen, wo man in Zeiten der Popkultur noch seine Sinne schärfen und Kriterien erwerben kann, denn was könnte es Schöneres geben als Kriterien, wenn man die Neigung hat, den Mund aufzumachen, um die Welt kritisch zu beurteilen. Den Empfänglichen zu empfehlen sind Kunstmuseen. Gescheitestenfalls geht man allein durch die Sammlung, und zwar kraft seiner eigenen Sinne, d.h. ohne Audioguide, bitte, Leute, ohne

Audioguide, bitte, Leute, denn ihr habt eigene Augen – und es ist auch nicht nötig, sich an vorgeschriebene Rundgänge zu halten. Man kann ebenso gut chronologisch rückwärts, zickzack oder gar wie vom wilden Affen gebissen durch die Räume schlendern, zuerst das moderne Zeug eines sauberen, also vorbehaltlosen Blickes würdigen und allmählich, wenn man noch Saft und Zunder oder Schmackes genug in der Hüfte hat, zu Renaissance, Manierismus und Biedermeier wandern.

Natürlich hat man auch die Freiheit, sich von Räumen verschonen zu lassen. Ich z. B. lasse gern das Barock weg, da ich allegorisch gemeinte Berge blassen Frauenfleisches, das sich um irgendwelche Faune mit alten Gesichtern und jugendlichen Muskeln herumgruppiert, einfach nicht verknusen kann. »Rubens bitte ins Depot!«, pflege ich da zu denken, »denn für die, die so etwas unbedingt sehen wollen, gibt es doch Depotführungen!« Von dem, was man interessant findet, sollte man Fotos machen, auch wenn's verboten ist. Gerade dann! Was für ein Spaß, den Wärtern davonzulaufen, wenn sie nicht eh wieder eingeschlummert sind, ermattet vom harten Leben außerhalb des Tempels. Anhand der Photos kann man später, ins Internet schauend, seinen eigenen Eindruck mit Details und verbrieftem Wissen polieren. Man kann auch zu zweit ins Museum gehen, das hat den Vorteil, daß man hinterher zusammen eine Bierschwemme besuchen kann, doch was den Erwerb von Kriterien angeht, ist ein unbegleiteter Museumsbesuch wirksamer – und die Wirksamkeitsforschung sollte sich nicht auf die Werbung beschränken. Es kann natürlich passieren, daß man Zeuge einer Kindsentführung, Verzeihung: Kinderführung wird, wie z. B. in der nun folgenden Szene.

Ein Museumsführer versucht, drei Kindern aus einem verwöhnten Milieu ein Gemälde zu erläutern: Hier seht ihr ein berühmtes Gemälde von einem gaaanz bedeutenden Maler. »Die Büchse der Pandora«. Schaut mal, wie die Pandora guckt! Die guckt doch, als ob sie denken würde: Ey, die Büchse, die öffne ich mal lieber nicht. Hm? So guckt sie doch, oder? Was meint ihr, was in der Büchse drin ist?

Das erste Kind *(die Achseln zuckend)*: Pff, who cares?
Das zweite Kind: Irgendwas halt, was sie anderen Leuten in die Haare schmieren kann, oder, keine Ahnung, in den Briefkasten streuen oder in die Schuhe schieben oder pff!
Das dritte Kind: Ich glaube, in der Büchse sind Chia-Samen!
Der Museumsführer: Chia-Samen?
Das dritte Kind: Meine Mutter sagt, die sind gut für die Haare, für die Fingernägel und für die Work-Life-Balance.
Das zweite Kind: Und für die Fotze!

Das erste Kind: *Meine* Mutter sagt, Fotze ist ein Unterschichtswort.

Das zweite: Meine Mutter sagt, man muß aus Solidarität Fotze sagen, weil man sonst die Leute, die Fotze sagen, gesellschaftlich marginalisiert.

Der Museumsführer *(genervt)*: Und was sagt deine Mutter sonst noch so?

Das zweite Kind: Daß ein Burka-Verbot reaktionärer rassistischer Schwachsinn alter weißer Männer ist.

Das erste Kind flüstert dem dritten ins Ohr: Seine Mudda ist so fett, daß sie, wenn sie auf dem Klo sitzt und kackt, sagt: Guckt mal, ich bin ein 3D-Drucker.

Das dritte Kind: Der ist doch tausend Jahre alt. Der steht sogar schon im Internet.

Der Museumsführer *(um Fassung ringend)*: Stellt euch doch mal vor, Pandora wäre eure Mutter. Was hätte die wohl in ihrer Büchse?

Das dritte Kind *(patzig)*: Sagte ich doch schon: Chia-Samen.

Der Museumsführer *(einem platzenden Kragen nahe)*: Ach was, jetzt mal ernst!

Das erste Kind: Meine Mutter hat nur so normalen Mutter-Stuff in ihrer Büchse, Teilhabe und daß man irgendwelche Wörter nicht sagen darf.

Das zweite Kind: Und daß man keine Milch trinken soll, weil Milch für Kälber ist und nicht für uns.

Ein kultivierter Herr mit Tweed-Jackett und Barbershop-gestyltem Bart, der die Szene schon seit längerem beobachtet hat, denkt: Der Galerieassistent ist ja völlig überfordert mit diesen überreizten Know-it-all-Kiddies.

Er sagt: Wenn ich mich mal kurz einmischen darf…
Der Museumsführer: Eigentlich nicht. Ich wäre Ihnen dankbar, wenn Sie mich einfach meine Arbeit machen ließen.
Der Herr: Versteh ich total. Ich hab auch mal im Museum gearbeitet. Vor dreißig, vierzig Jahren. Das war damals noch ein bißchen schlechter bezahlt als heute, aber das kann ich Ihnen natürlich jetzt schlecht vorwerfen. Also. Die Pandora. Das war doch eine ganz patente Frau. Eine, die sich nicht die Butter vom Brot nehmen ließ. Dann hatte die doch bestimmt was ziemlich Praktisches und Vernünftiges in ihrer Büchse.
Das erste Kind: Was denn genau?
Der Herr: Natron!
Das dritte Kind: Wenn deine Kuscheltiere stinken, streut man das drauf.
Das zweite: Oder wenn Preisschilder nicht abgehen. Dann schmiert man einen Brei aus Natron und Speiseöl drauf.

Der Herr: Natron kann noch viel mehr! Guckt mal hier! *(Er deutet auf einen Stuhl mit einem dicken schlafenden*

Museumswärter, dessen gewaltiger Mund sperrangelweit offen steht.)
Museumswärter Anton! Natürlich wieder eingeschlafen! Der ist ja auch schon alt. Riecht mal an seinem Mund!

Die Kinder beugen sich über den Rachen des Wärters.

Das erste Kind: Puh, wie der Schuhschrank meiner Oma!
Das zweite: So eine Mischung aus Affenhaus und Hochsommertag unter einer Burka!
Das dritte: Na ja, eher wie ein alter Mann aus prekären Verhältnissen, der sich von Discounter-Ware ernährt!

Der Museumsführer versucht währenddessen mit Hilfe seines Smartphones jemanden zu erreichen, der ihm in puncto des aufdringlichen Kunstfreundes beispringen könnte.

Der genannte aufdringliche Mensch bedrängt die Kinder: Und jetzt streuen wir dem Anton Natron in den Mund!
Die Kinder: Au ja!

Man streut. »Wie fein das rieselt, und der Anton erfährt gar nichts davon. Und jetzt riecht noch einmal!«

Das erste Kind: Gar nicht mal so schlecht!
Das zweite: Könnte man sich dran gewöhnen!
Das dritte: Jetzt riecht er wie ein von Profihand geputztes Klo!

Der Herr: Und da! Museumswärterin Antonia! Auch die ist eingeschlafen. Auch ihr steht der Mund offen!
Die Kinder: Streuen wir der auch Natron in den Mund?
Der Herr: Nein! Dafür reicht die Zeit nicht. Euer Kinderführer guckt auch schon ganz unleidig. Der telephoniert schon mit der Museumsleitung, daß mich hier schleunigst irgendjemand »hinausbegleitet«. Damit er sich nicht marginalisiert fühlt, möchte ich euch bitten, ihm auszurichten, daß ich ihm keinesfalls die Show stehlen wollte, und ihm diese Schachtel zu überreichen und ihm zum Abschied ein bißchen was Nettes zu sagen. Vorerst tschau tschau tschauie, macht's gut und ganz viel Spaß noch!

Die Kinder *(zum Museumsguide)*: Natron ist ein wahrer Alleskönner! Das sollen wir Ihnen ausrichten!
Das erste: Sie können damit Schwefelgerüche aus Ihrem Duschabfluß bekämpfen, oder wenn Sie Rhabarber kochen, ist der nicht so sauer. Oder wenn Sie mal Sodbrennen haben, wie Anton und Antonia.
Das zweite: Doch auch Sie haben keinen schlechten Job gemacht. Wir werden Sie bei Gelegenheit weiterempfehlen.

Der Museumsführer: Schon klar! Superlieben Dank! Aber was ist in der Büchse der Pandora denn wirklich enthalten?

Das erste Kind: Nicht Natron?
Museumsführer: Nein, kein Natron.
Das zweite Kind: Doch Chia-Samen?
Der Museumsführer: Nein!
Das dritte Kind: Was denn?
Der Museumsführer: Ungemach!
Die Kinder *(im Chor)*: Ungemach? Ist Ungemach auch ein Alleskönner?
Der Museumsführer: Darüber streiten sich die Gelehrten.
Die Kinder *(im Chor)*: Danke für die schöne Führung!

Die Kinder entfernen sich.

Das erste: Wenn ich nach Hause komme, frag ich meine Mutter, ob sie auch Ungemach in ihrer Büchse hat.
Das zweite: Ich frag meine das nicht, weil sie bestimmt nicht weiß, was mit Büchse gemeint ist.
Das dritte: Meine weiß, glaub ich, schon, was mit Büchse gemeint ist, aber sie weiß nicht, was Ungemach ist. Die ist nämlich von allen guten Geistern verlassen. Hehehe …
Das erste Kind: Liam, du lachst ja wie so'n ganz alter Mann.

DIE TOILETTE BLEIBT WEISS

Eines Tages kamen mehrere harsche E-Mails.

Zum Beispiel: Sagen Sie mal, was ist denn mit Ihnen los? Ist Ihnen eine Laus über die Leber gelaufen oder was? Haben Sie eine Schwarte zu wetzen oder ein Süppchen zu kochen? Wieso pesten Sie denn bei Amazon über Ihren alten Spezi/Haberer Tex Rubinowitz ab?

Anderes Beispiel: Ich schreibe Ihnen das Folgende im Namen meiner Frau Christina, mit der Sie vor einigen Jahren mal in der Cafeteria der Kunsthalle Tübingen ein freundschaftliches Glas Bio-Zisch getrunken haben. Sie ist sehr enttäuscht von Ihnen. Sie hätte Sie niemals für jemanden gehalten, der seine Privatfehden im Internet austrägt. Schmutzige Wäsche zu waschen ist doch eigentlich nicht Ihr Stil. Christina kann momentan nicht garantieren, daß sie sich noch einmal ein Buch von Ihnen kaufen wird.

Ich dachte: Ich? Schwarte wetzen, Süppchen kochen, schmutzige Wäsche waschen, bei Amazon abpesten? Was meinen die guten Leute? Und heißt es nicht eigentlich: Scharte wetzen? Ich schaltete auf Amazon.de und erfuhr, daß irgendeine Person, ich sollte mich nicht scheuen zu sagen: ein Wicht, ein Gewürm, ein Würstchen, unter meinem Namen folgende Rezension eines Romans namens »Ramses Müller« meines alten Fernkameraden Tex Rubinowitz eingestellt hatte: »Ein pelziges Gefühl im Hirn hinterläßt dieses Buch. Sprachlich ein Sven Regener auf schlechtem polnischen Amphetamin, mit einem Schuß Charlotte Roche, um dem Ekel-Hype halblahm hinterherzusurfen. Unterhaltsam sicher die Versuche, Assoziationsketten in ganze Seiten lange Sätze reinzuzwängen. Unverständlich aber der Hass auf die Protagonisten, auf Stuckrad-Barre, Schlingensief, Haußmann, auf Berlin und Berlin-Mitte: Ist das ein Bewältigungsbuch? Schreibt sich hier jemand seinen Neid von der Seele? Von dem feinen Humor, den der Autor in seinem graphischen Werk beweist, fehlt leider jede Spur. Ärgerlich und wenig empfehlenswert.«

Ich dachte: Ekel-Hype halblahm hinterhersurfen? Das sollte doch ein Kenner erkennen, daß das nicht mein Sound ist. Vielleicht mutmaßte man, ich hätte die Meckerei in alkoholisierter Aufgelöstheit rausgesendet? Immerhin, denkbar wäre es: Wer kennt nicht das Phänomen der Schwips-Mail, im Englischen angeblich »Drail« genannt, zusammengesetzt aus »drunken mail«. Man schreibt irgendwas, und wie leicht drückt es sich angeschickert auf den Sendeknopf! Früher hätte man sich anderntags neben dem Briefkasten aufgestellt und den Ausleerer abgepaßt, um den bedauerlichen Brief wieder herauszufischen. Geht aber nicht mehr! Deswegen habe ich mich schon vor Jahren einem strengen Anti-Drail-Programm unterworfen. Und mein Anti-Klage-Programm könnte gleichfalls kaum rigoroser sein.

Ich halte es mit Dagobert Duck, der sich mit dem Mantra »Heuwägelchen, Heuwägelchen!« zu beruhigen pflegte, wenn er sich einen Wutanfall ersparen wollte. Nein, dachte ich, ich werde jetzt keinen Sturm im Wasserglas entfachen, indem ich die Rechtsabteilung meines Verlages kontaktiere. Obwohl: Rechtlich wär's vielleicht gar nicht mal uninteressant. Wenn ich nun irgendeinen Kram schriebe und die Öffentlichkeit glauben machte, der Kram wäre von, sagen wir: Thea Dorn verfaßt worden, wäre das Verleumdung, eine mäßig heimtückische Irreführung, Hochstapelei, eine Fälschung oder einfach ein nicht justiziabler Schmarrn?

Ich fühlte mich an eine Lappalie aus dem Jahre 1991 erinnert. Der Polemiker Wiglaf Droste hatte mir in einem veröffentlichten Text ein uncharmantes Zitat unterstellt. Er schrieb »Frauen mit ihrem Geschmadder da unten«, und in Klammern setzte er meinen Namen. Prompt kamen Zuschriften von Frauen, die sich von mir enttäuscht zeigten, sich von mir lossagten und sich fragten, welcher Teufel mich geritten habe, daß ich Frauen pauschal bezichtige, »da unten« ein Geschmadder zu haben. Dabei saß der Teufel lediglich im schlechten Gedächtnis Wiglaf Drostes; in Wahrheit war es Günter Thews gewesen, ein Mitglied des Spaßguerilla-Theaters Die drei Tornados, der gesagt hatte, Frauen hätten »da unten« ein Geschmadder. Ob privat oder auf der Bühne, weiß ich nicht mehr. Ohnehin ist der kleine analoge Shitstorm bald eingeschlafen und hat mich nicht anhaltend beschädigt, so daß ich auch in Bezug auf die Amazon-Angelegenheit zäh entschlossen bin, mich keinesfalls zu ärgern.

Zumal solcherlei Dinge ja immer wieder vorkommen. Der Schriftsteller Gerhard Henschel arbeitet seit vielen Jahren an einer umfangreichen, vage an sein Leben angelehnten Romanreihe, einer Art Chronik der jüngeren Vergangenheit, in deren jüngeren Bänden ich als Romanfigur auftauche. Die Romanfigur mit meinem Namen hängt ständig mit dem Essayisten Michael Rutschky ab. In Wahrheit konnte ich den nicht ausstehen und mied ihn daher. Befreundet war ich allerdings mit seiner Ehefrau, Katharina Rutschky. Aber wen sollen diese Feinheiten interessieren? Und was »ich« alles von mir gebe in den Romanen, z. B. während einer Autofahrt von Meppen nach Hannover, die ich mit Gerhard Henschel etwa 1992 unternahm. Henschel schreibt, an einer Verkehrsampel hätte ich über eine junge Frau am Steuer eines Porsches folgendes gesagt: »Jetzt sieh dir dieses Fötzchen an! Hat erst zweimal die Periode gehabt und cruist hier mit 'm Sportwagen rum wie Brigitte Bardot! Ja, glotz nur, du blöde Pute! Hoffentlich knallste mit deiner Kiste an den nächsten Brückenpfeiler und brichst dir das Genick!«

Natürlich weiß selbst ein proustscher Super-Memorizer wie Gerhard Henschel nicht, was ein Beifahrer vor dreißig Jahren auf einer Autofahrt gesagt hat. Er hat sich eine kleine Beschimpfung ausgedacht und brauchte eine Figur, der er sie in den Mund legen konnte, und das war eben die mit meinem Namen. Meine Entschlossenheit, mich über so etwas allenfalls weise zu amüsieren, ist wirklich enorm.

Bloße Entschlossenheit ist allerdings keine ausreichende Basis zum Erhalt des Seelenfriedens. Es stört mich doch ein wenig, daß nichtsahnende Versandhauskunden zu der Annahme verleitet werden, ich sei ein Vertreter notorischen, enthemmten Senfabgebens. Ich habe nämlich niemals, auch nicht, als ich zwanzig war, Toilettenwände mit Sprüchen beschmiert und aus dem gleichen Grunde noch nie eine Amazon-Rezension geschrieben. Nein, ich will nicht alle verdammen, die das tun. Es kann durchaus ein Akt der Liebenswürdigkeit sein, wenn jemand auf diese Weise zum Beispiel seiner Lieblingsplatte zu mehr Beachtung verhelfen möchte. Und, das muß man sagen: Toiletten in öffentlichen Einrichtungen sind sauberer, seit es das Mitmach-Internet gibt. Rezensionen schreiben – ein nettes, harmloses Hobby, und sicher ein besseres, als nachts auf der Straße Andersempfindende zu verprügeln. Einer klebt gern Dinge mit Superkleber zusammen, ein anderer sammelt Schneekugeln oder Wackeltiere, ein dritter verteilt wertende Sternchen in einem Forum des Versandhandels, erweckt damit jedoch unter Umständen den Eindruck, seine Ansichten seien in der harten Wirklichkeit nicht gefragt. Der Eindruck eines »kompensatorischen Austobens« drängt sich auf. Nun, kurzum, ich möchte nicht als einer gelten, der sich des Nachts unbezahlt Verbrauchertips abringt. Das werde ich doch wohl noch unbetadelt nicht wollen dürfen.

Ein möglicher Einwand
»Ihr Text hat einen erheblichen Schönheitsfehler: Nämlich daß er die Schmähung, als deren Urheber Sie auf keinen Fall dastehen möchten, in voller Länge zitiert.«

Erwiderung
Allerdings! Das ist ein Makel, der mir an publizistischen Entgegnungen regelmäßig unangenehm auffällt. Sogar auf die seit Jahrzehnten im Dunkeln ruhende Geschmadder-Affäre fällt neues Licht.

Ein weiterer möglicher Einwand
»Ein weiterer Nachteil Ihres Textes ist, daß ein digitaler Toilettenschmierant sich nun rühmen kann, Sie zu einem Wortschwall veranlaßt zu haben.«

Erwiderung
Ein schlimmer Aspekt, in der Tat. Ich ermögliche einem elenden Troll, sich wahrgenommen zu fühlen.

Übrigens: Daniel Kehlmann glaubt zu wissen, daß die unter meinem Namen publizierte Schmähkritik des Rubinowitzschen Buches von einem zur ziellosen Giftigkeit neigenden, ihm namentlich oder schlimmstenfalls sogar persönlich bekannten österreichischen Schwatzschriftsteller stamme. Der mache so etwas öfter. Seines, Kehlmanns, Namens habe er sich auch schon bedient. Der Rowohlt-Verlag meinte, eine Klage sei nicht sinnvoll.

Wieso denn das plötzlich, dachte ich.

Die klagen doch sonst immer unaufgefordert in der Gegend herum. Als sich vor einigen Jahren eine ProSieben-Moderatorin anschickte, eine elende, rosa verpackte Hervorbringung namens »Hochgefickt« zu veröffentlichen und ihr Verlag das Machwerk mit dem Slogan »Schreibt wie Max Goldt mit Titten« ankündigte, erhielt ich einen aufgeregten Anruf des Rowohlt-Literaturchefs, daß man dagegen unbedingt etwas unternehmen müsse. Man könne sich nicht alles bieten lassen. Ich riet dringend von einer Klage ab. Der Verlag klagte trotzdem, leider in meinem Namen, wovon ich nichts wußte, und einige Monate später las ich in der Presse, ich würde mich mit einer vulgären Tante aus dem Dunstbereich des Kommerzfernsehens vor Gericht auseinandersetzen. Es wurde die Auffassung des Hohen Gerichts zitiert, ich als arrivierter Dichter würde einer jungen Autorin, statt sie väterlich zu fördern, Steine in den Weg werfen.

ERINNERUNGEN AN EINEN RAUFBOLD UND ANGEBLICHEN FEIND

Die Phase der Pietät ist nun wohl vorbei.

So will ich es wagen, eine Skizze jener zweiwöchigen Lesetournee zu schreiben, die ich im Herbst 1991 mit meinem sonderbaren Kollegen, dem Polemiker, Rabauken und professionellen Aufbrauser Wiglaf Droste unternommen habe. Obwohl dieser Reise durch den Norden und Westen der alten Bundesrepublik beträchtlicher Erfolg beschieden war – es gab nur einen einzigen nicht ausverkauften Abend, und zwar in der Schweinezüchterstadt Vechta –, bin ich späterhin so gut wie nie darauf angesprochen worden, und weder in meinem noch in Wiglaf Drostes Wikipedia-Eintrag wird die Episode erwähnt. Ich selbst erinnere mich nur an Details, viele Details sogar, aber das große Ganze liegt auch für mich ziemlich im Nebel. Ich will mich bemühen, der naheliegenden Versuchung zu widerstehen, die Löcher, Lücken und Brachen mit »interessant Dazuerfundenem« zu füllen.

Ich kann mich noch nicht einmal genau erinnern, was ich empfand, als ich am 15. Mai 2019 durch einen Anruf vom Tode Drostes erfuhr. Trauer vermutlich nicht, eher eine kopfschüttelnde Sentimentalität, eine Verstärkung meiner Abneigung gegen den Tod generell und eine Überraschtheit darüber, daß er überhaupt 57 Jahre alt geworden ist.

Um so genauer erinnere ich mich daran, was ich dachte, als sein Ableben in der ARD-»Tagesschau« erwähnt wurde, nämlich: Würde die »Tagesschau« auch meinen Tod für erwähnenswert halten? Strebe ich an, so zu leben, daß mein Tod in der »Tagesschau« vorkommt? Lieber nicht! Und sollte man öffentlich kundtun, daß man sich mit solchen Fragen beschäftigt? Wohl besser auch nicht. Aber warum hat man Wiglaf ausgerechnet in der »Tagesschau« für nachrufwürdig gehalten? Sein Standing in der literarischen Welt war bescheiden, nur in der Medienszene war er eine Bewunderungsfigur – oder sollte man eher sagen: Er wurde mit leichtem Schauder bestaunt, beneidet und am Ende, in den Jahren des Verfalls, unverhohlen begafft. Was der sich alles getraut hat, ohne Angst vor Rausschmissen, Karriereknicken und Anfeindungen durch die fingerschwenkende moralische Elite! Was für ein unverschämter, furchtloser Kerl! So zumindest dachte manch einer aus dem Kommentarjournalismus, der seine Aversionen und Ressentiments weniger auszuleben wagte.

Aber was genau hat er sich denn alles getraut? Einiges. Bei einem unserer ersten Abende kam er auf die herrlich burleske Idee, eine halbe Stunde vor Auftrittsbeginn essen gehen zu wollen. Natürlich war es nicht möglich, ihm das mit dem Argument der Unprofessionalität auszureden, er sagte: »Erzähl mir nichts vom Pferd – wenn ich jetzt nichts esse, falle ich um.«

Also suchte sich Wiglaf in der Nähe der Universität Münster, in deren Audimax unsere Lesung um 20 Uhr beginnen sollte, einen Nudelitaliener. Um 20 Uhr 15 begann der mit 500 eher unangenehm amüsierwilligen Studenten befüllte Saal zu pfeifen, um 20 Uhr 20 zu johlen, um 20 Uhr 25 zu buhen, worauf der nervöse Veranstalter mich bat, da Wiglaf ja verschwunden sei, allein anzufangen. Der Bitte kam ich nach. Um 20 Uhr 40 kam der wie meistens in einen langen, verwitterten Ledermantel eingewanstete Wiglaf auf die Bühne, knallte seine Arbeiteraktentasche* auf den Vortragstisch und unterbrach meinen Redefluß, indem er rief: »Was soll'n

* Das Wort »Arbeiteraktentasche« mag manchem, der noch nicht so lange lebt wie ich, ungewohnt erscheinen. Doch ich kläre auf: Wenn Fabrikarbeiter in den sechziger und siebziger Jahren auf Fahrrädern, im Bus oder zu Fuß ihrer Arbeitsstelle entgegenstrebten, hatten sie eine lederne Aktentasche dabei, in der sich freilich keine Akten befanden, sondern eine Thermoskanne und zwei in Pergamentpapier gewickelte Wurstbrote. Zuvor waren die Kinder der Arbeiter mit einem Zweimarkstück in der Hand zu einer Arbeiterehefrau in der Nachbarschaft geschickt worden, und wenn sie dort geklingelt hatten, war zunächst eine Toilettenspülung zu hören, und dann: »Jaja, ich komm ja schon«, worauf das Kind sagen mußte: »Ich soll Pergamentpapier holen.« Das war jeweils ein beträchtlicher Stoß, von den Frauen im Wäscheschrank verwahrt, geradezu japanisch schön verpackt.

das hier? Ich dachte, wir machen eine *gemeinsame Lesung?*«

Die vollbrachten wir dann auch. Diesmal jedoch beendete Wiglaf seinen Part mit zwei parodistischen Texten über Howard Carpendale und Herbert Grönemeyer. Daran – und nicht an seinem dramaqueenartigen Auftritt um 20 Uhr 40 – entzündete sich unser anschließender Zank. Vor Reisebeginn nämlich hatten wir vereinbart, ein »streng literarisches Programm« aufzuführen, was einschloß, daß er diese beiden schlichten Bravourstücke nicht zum Einsatz bringen würde. Wir sollten uns zu schade sein, uns über Kleinbürgeridole auszulassen. Wir sollten uns nicht bei Leuten anbiedern, deren kultureller Horizont vom Fernsehprogramm bestimmt wird. Wir sollten uns von den Vertretern der Genres »Kabarett« und »Comedy« schon allein durch Themenwahl fernhalten. Wiglaf hatte zugestimmt und sich zunächst an das Agreement gehalten, in Münster aber nicht mehr. Er gab vor, sich nicht an unsere Absprache zu erinnern und daß er diese Texte in Münster noch nie vorgetragen habe, daß es ihm außerdem Spaß mache, seine *crowd pleaser* zu deklamieren. Ich ließ mich leider zu dem dummen Satz hinreißen: »Parodien von Schlagersängern sind für mich nichts Höheres als Kunstfurzerei.«

Man hätte auch Bette Davis und Joan Crawford auf eine gemeinsame Lesetournee schicken können! In den

Presse-Ankündigungen war oft zu lesen, es hätten sich ein Feinsinniger und ein grobianistischer Poltergeist zusammengetan, was uns sehr amüsierte, und da wir beide »Wurstkinder« waren, ich bin in Südniedersachsen aufgewachsen, er in Ostwestfalen, sprachen wir einander während unserer Gastspielreise von da an mitunter als »grobe Leberwurst« bzw. »feine Leberwurst« an, wobei nicht undebattiert blieb, daß die »feine Leberwurst« auch die schlechtere sein könnte, weil darin die übelsten Abfälle eventuell unauffällig mitverwurstet werden.

Doch wer ist überhaupt auf die Idee gekommen, die beiden Würste gemeinsam auf die Bühne zu bringen? Eine Agentur aus Oldenburg. Wir sagten sofort zu. Zum einen hatten wir damals beide eine – ich sage mal: »herannahende Berühmtheit«, aber genaugenommen noch nicht ausreichend Material für eigene abendfüllende Programme; immer wieder gab es Anfragen, aber keiner von uns hatte genug vortragsfähige Texte im Köcher. Zum anderen wurden die Öffentlichkeitsgelüste beider Würste von niemandem professionell betreut, so daß wir in der Regel vor 50 Leuten auftraten, und wir wollten mehr. So taten wir uns ohne viel Federlesens zusammen.

Zwei Wochen lang reisten wir in einem PKW, gesteuert von dem Oldenburger Agenten, durch den norddeutschen November. Ich saß hinten, weil ich es hasse, mich anzuschnallen. Wiglaf hatte Kassetten von

Bob Dylan und Johnny Cash dabei, die allerdings meine Feinsinnigkeit auf eine allzu harte Probe stellten, so daß wir eines Tages an einer Tankstelle nach einer Musikzufuhr Ausschau hielten, die uns beiden entgegenkam. Tankstellen sind nicht dafür bekannt, gehobene musikalische Ansprüche zu befriedigen, und somit fiel die Wahl auf die Kassette »Zeit nach Avalon zu gehen« von Juliane Werding, die damals eine heftige esoterische Phase durchlitt. Es ging, unterlegt mit einem durchaus geschmackvollen elektronischen Beat, um weiße Frauen im Nebel, die irgendwelchen Leuten erscheinen, die auf dies oder jenes warten, doch in Wahrheit waren nämliche weiße Frauen natürlich verstorbene, vergessene Personen, die die Lebenden daran erinnern wollten, daß man achtsam und liebevoll zu jenen sein sollte, die noch unverstorben und unvernebelt sind. So ungefähr jedenfalls. Wir hatten viel Spaß im Auto, wir sangen, bekrähten kritisch die Nachrichten aus dem Radio und schnabulierten vornehmlich Tankstellen-Kekse und anderen Autobekrümelungs-Unrat, wir lästerten, parodierten Hitler, indem wir uns, Unsinn brüllend, Kastanien zwischen Oberlippe und Nase klemmten, stopften unserem Fahrer bei 150 Stundenkilometern faustgroße Mengen Haribo-Produkte in den Mund und pinkelten an Böschungen, genossen also ein stark verspätetes Klassenfahrt-Gefühl. Eine letzte Phase jugendlicher Unbekümmertheit. Freiheit ohne eine Spur von Krankheit. Ich war 33, er vier Jahre jünger. Ich liebte es, im Auto herumkutschiert zu werden, inmitten meiner Krümel auf dem Rücksitz. Kein einziges Mal wurde ich von Wiglaf geschlagen.

Schon nach meinem in der Tat nicht besonders wohlüberlegten Vergleich seiner Schlager-Travestien mit Kunstfurzerei schaute er mich nämlich streng, aber gefaßt an und sagte: »Sei bloß froh, daß ich Schwule grundsätzlich nicht schlage!« Da war ich aber wirklich froh! Welche Vergünstigung ich somit genoß! Denn: Sein mit Abstand größter Makel lag in seiner Neigung zu Krawall und Gewalt. Wenn wir nach den Lesungen am Signiertisch** saßen und es kam einer, der was Kritisches äußerte, konnte es durchaus geschehen, daß Wiglaf aufsprang, den Einwanderheber am Kragen packte und ihn anschrie: »Wer bist du denn? Verpiß dich! Leute wie dich braucht hier kein Mensch!«, und wenn der so Gerüffelte nicht Reißaus nahm, lief er Gefahr, in die Ecke geschubst zu werden.

Aus verschiedenen Quellen habe ich gehört, daß auch mehrere seiner häufig wechselnden Lebensgefährtinnen von solchen Behandlungen nicht verschont

** Was gab's da eigentlich zu signieren? Von mir gab es 1991 gerade mal ein reguläres Buch, von Wiglaf auch nicht mehr, und »Merch« (T-Shirts, Kaffeebecher, Schlüsselanhänger etc.) führten wir ganz gewiß keines mit uns. Vermutlich unterschrieben wir das extrem wortreiche Plakat unserer Reise, die den blödpunkigen Titel »Die-Super-Laser-Abspritz-Show« trug.

geblieben sind. Wobei ich den Satz mit »Ich habe gehört« einleite, um seine Justiziabilität zu verringern. Ich habe tatsächlich nur davon gehört. Dabei gewesen bin ich nicht.

Allerdings war ich sehr wohl dabei, und zwar zweimal, als Wiglaf etwas auslöste, was ich bis dahin nur aus alten Filmen kannte, nämlich eine Kneipenschlägerei. Wenn man in Orten wie Vechta spielt, kann es vorkommen, daß in der von den Künstlern als After-Show-Location auserkorenen Gaststätte auch ein gewisser Teil des Publikums sitzt, das von ihnen kurz zuvor beglückt worden ist. Da mag dann vielleicht jemand an den Tisch getreten sein, der sagte: »Du, Wiglaf, deine Texte fand ich super, aber auf die Tuntenlyrik deines Mitperformers hätte ich auch verzichten können.« Einmal kam das, glaube ich, wirklich vor, aber vielleicht nicht in Vechta, sondern in Osnabrück oder weiß der Teufel wo. Wiglaf, der keine Gelegenheit zum Aufbrausen verstreichen lassen konnte, stieß seine stets mit »Wer bist du denn?« beginnende Beschimpfung aus, sprang auf, faßte einen Barhocker an den Beinen und ging damit auf den mich nicht mögenden Lesungsbesucher los, worauf ein Gebrüll entstand, infolgedessen auch andere Männer es ihm gleichtaten und sich gegenseitig mit Barhockern zu Leibe rückten. Ich bin, wie immer in solchen Fällen, einfach gegangen, denn ausnahmslos um eins wollte ich im Hotel liegen, Frühstück gibt's schließlich nur bis zehn. Wiglaf hingegen war solcherlei Vernunft, die allernaheste Zukunft betreffend, nicht zu eigen. Nach drei Weizenbieren auf der Bühne und drei Weizenbieren im Lokal, wobei ich locker mithielt, fing es bei ihm erst richtig an, mit Wodka und Whiskey.

Stets behauptete er, ich vertrüge nichts. Dabei vertrug ich viel: wie gesagt: drei Weizenbier auf der Bühne und drei hinterher! Mir war das genug zum Vertragen! Aber zu Wiglafs Verständnis von Männlichkeit gehörte es, andere »unter den Tisch zu trinken«. Was hat man bloß davon? Jahre später erzählte mir ein Mensch aus dem »Titanic«-Umfeld, Wiglaf habe berichtet, ich würde mich beim Alkohol ungebührlich bremsen, weil ich als Schwuler mehr als er auf einen guten Teint angewiesen sei, da Leute wie unsereins viel stärker als heterosexuelle Männer ästhetischen Normierungen unterworfen seien. Mag sein. Nach meiner Tournee mit Wiglaf ist mir übrigens nicht ein einziges Mal mehr vorgeworfen worden, ich würde zu wenig Alkohol trinken.

Was den »Matschismus« des Wiglaf Droste angeht, noch zwei anekdotische Details: Einige Monate vor unserer Novembertournee 91 waren wir gemeinsam in Finnland beim »Midnight Sun Film Festival« in Sodankylä, wo wir uns eine Ferienwohnung teilten. Während ich das Festivalprogramm studierte, lief er nackt durch die Bleibe. Ich sagte: »Wiggie, könntest du dir vielleicht was überziehen?« Er erwiderte: »Ach so! Ich habe ganz vergessen, daß du schwul bist. Merkt man bei dir ja nicht so.« Er glaubte, der Anblick seines unbekleideten Körpers würde mich erregen.

Das zweite Detail: Während unserer Tournee wurde Wiglafs Sohn geboren, praktischerweise während eines »Day Off«, den Wiglaf nutzte, um die freilich längst wieder von ihm getrennte Kindsmutter in Berlin zu besuchen. Nach seiner Rückkehr sprach er nicht viel davon, ließ jedoch nicht unerwähnt, daß die Hebamme gesagt habe, sein Sohn sei mit einem »ungewöhnlich großen Schwanz« ausgestattet. Wie habe ich damals darauf reagiert? Wie man eben auf ihn reagierte: Er war wie ein peinlicher Familienangehöriger, den man trotzdem auf keinen Fall missen mochte, weil ohne ihn die Verwandtschaftstreffen noch langweiliger wären.

Die Lesungen mit ihm habe ich genossen. Da er sich nie hat ausreden lassen, vorher riesige Nudelhaufen zu verschlingen, war er freilich nicht immer richtig bei der Sache und hat sich während einer Vorstellung bis zu hundertachtzigmal versprochen. Ich habe das, glaube ich, einmal mitgezählt. Etwas mitzuzählen ist immer hilfreich, wenn man fühlt, wie die Zeit sich dehnt. Einmal entriß ich ihm nach einer besonders extremen Haspelei seinen Zettel und las seinen Satz vor, wie er auf dem Papier stand. »So steht das da! Lies es doch mal so, wie es da steht!« Was er mir nicht übelnahm. Für ihn war das ein willkommenes krawalliges Show-Element.

Darüber hinaus hat er sehr genäselt. Er sagte, er habe einen »Polypen«. Ich sagte, nicht auf der Bühne, sondern offstage: »Mann, Wiggi, geh doch mal zum HNO und laß dir diesen Polypen aus der Nase ziehen! Du klingst ja wie kurz vorm Abröcheln«. Wurde mir alles verziehen – ich war ja zum Unverprügelbaren auserlesen worden.

Seine Texte mochte ich. Sie waren solide, aber nicht zu konventionell konstruiert und von hoher Dichte, also ohne längere Laberstellen. Ich hätte mir sonst niemanden vorstellen können, mit dem ich vierzehn Tage auf der Bühne hätte sitzen wollen. Wiglaf verkörperte dabei eine Unterrubrik des Satirikers, nämlich den Pasquillanten. So bezeichnete man einst einen Verfasser von Schmähschriften gegen in der Öffentlichkeit stehende Einzelpersonen. Das Wort ist inzwischen historisch, aber da die Prominentenschmähung, als einfachstes aller satirischen Genres, blüht wie eh und je, sollte man den Begriff wiederbeleben. Viele der heutigen Fernsehsatiriker sind zuvörderst Pasquillanten. Die Zielpersonen von Wiglaf Drostes Pasquills fand ich mitunter allerdings eher kurios. Der wilde Mann hatte zum Beispiel eine mir nicht begreifliche Abneigung gegen Menschen aus der DDR-Bürgerrechtsbewegung, etwa Pfarrer Eppelmann und Bärbel Bohley. Schon klar: Als Milieulinker war er gegen ein »starkes Deutschland« und somit für die deutsche Teilung. Ich saß dann immer neben ihm, zuhörend, wie er gegen Reformer und Dissidenten wütete, und dachte: Na ja, wenn er halt meint, aber: gut gebautes Textchen! Er kann was. Er wütet gut. Nur nicht immer gegen die Richtigen. Einmal jedoch, als er einen Satz über eine tatsächlich ungemein windige Ost-West-Person sagte, nämlich den Satz »Wolf Biermann steht politisch in der Nähe jeder Fernsehkamera«, da habe ich mich auf der Bühne zu ihm hingeneigt und ihm ein Küßchen auf die struppige Wange gegeben.

Droste selbst war übrigens vollkommen unpolitisch. Für die Organisation von Gesellschaft, für den Interessenausgleich zwischen all den Gruppen und Milieus, die da im Lande herumkrauchen – und was sollte Politik denn anderes sein –, hat er sich keine Sekunde lang interessiert.

Nach unserer Tour habe ich Wiglaf nur noch zwei, drei Mal gesehen, zuletzt 1994. Da behauptete er allerdings voller Inbrunst, sämtliche Veranstalter in Deutschland würden mich hassen, ich würde nur noch gebucht, weil ich für relativ volle Buden sorgte. Was eine pure Projektion war.[***] Er, der sogar Nachholtermine verpennte, wurde gehasst wegen seiner Unzuverlässigkeit! Es hieß dann gelegentlich, wir würden einander meiden, wir

*** »Projektion« war sein Mittelname. Ich weiß nicht mehr, in wievielen Texten er mißliebige Menschen als »feist« oder »gedunsen« bezeichnete, wobei ich jedesmal dachte: »Guck doch mal in den Spiegel!«

seien verfeindet, aber es war wohl bloß das große Berlin, von dem man sagt, es sei unmöglich, sich dort zufällig über den Weg zu laufen, es sei denn, man wohnte im gleichen Carrée. Daß ich ihn in den letzten schweren Jahren nicht noch einmal umarmen konnte – in unseren Freundschaftsjahren 1987 bis 1991 sind wir uns ständig schulterklopfend in die Arme gefallen –, das empfinde ich als Versäumnis.

Aber habe ich Wiglaf je gemocht? Ich müßte mich ein wenig winden, um die Frage zu beantworten, doch wenn ich mich genug gewunden hätte, würde ich vielleicht keck meinen Kopf aus einem Loch in der Windung stecken und rufen: Ja. Habe ich. Ich mochte Wiglaf Droste.

Er hatte übrigens, meine Damen und Herren, unglaublich schöne Augen.

EIN MANN, DER ABWECHSELND ARNIM UND ARMIN HEISST

oder

Bewältigung von Besonderheiten

oder

Der Darm ist ein Knilch

Ein Mann ohne allzu gravierende Macken und Kennzeichen – nennen wir ihn »der Bescheidenheit halber« Armin oder Arnim – ich will mir aber keinen Kopf darüber machen, ob Armin oder Arnim – sitzt an einem Wirtshaustisch – es tut ja niemandem weh, wenn man nicht weiß, ob man einen Mann Armin oder Arnim titulieren soll – und verzehrt vergnügt ein reichliches kerndeutsches Mittagessen.

Er denkt: Äußerst delikat, diese Krautwickel. Kaum zu überbieten!

Gruß in die Küche! Alles unbemeckerbar!

Plötzlich hält er inne. Ein Unwohlsein scheint sich seiner zu bemächtigen. Armin denkt: Teufel noch eins! Ich muß mal. Ich weiß schon, man sollte niemals »Ich muß mal« bei Tisch sagen, aber wie heißt es noch in jenem alten freiheitlichen Volkslied? Die Gedanken sind frei, doch der Darm ist ein Knilch, ein verdammter! Ich hasse es, während des Essens Stuhldrang zu verspüren! Es ist schlicht unschön, nach gewissen notwendigen, aber letztlich doch unappetitlichen Vorgängen zum Tisch zurückzukehren und einfach weiter zu essen, als wäre nichts geschehen.

Der Mann ohne gravierende Macken beschwichtigt sich selbst: Am besten, ich esse einfach ganz schnell auf und gehe dann erst zum WC! So wahre ich Gesicht *und* Form.

Tatkräftig schaufelt Arnim in sich hinein, und wenig später sieht man, wie er sich einer WC-Tür nähert und denkt: So! Jetzt aber! Frisch ans Werk! Zusammenkneifen war gestern! Wenn was reinkommt, muß was anderes raus.

Doch nun ist Armin baff, weil nämlich an der WC-Tür steht: WC Respekt.

Armin denkt: Ach so. Das ist hier für LGBTQ-Leute. Da darf *ich* nicht rein. *Dürfte* wahrscheinlich schon. Aber man will ja niemandem bei der Bewältigung seiner Besonderheit zu sehr auf die Pelle rücken.

In diesem Moment verläßt ein recht normal aussehender Typ den WC-Raum, wobei er sich den Bauch streichelt und die Lippen leckt.

Arnim denkt: Komisch … Besonders LGBTQ sieht *der* nicht aus. Man sieht's eben nicht jedem an. Gibt ja keine Pflicht zur deklamatorischen Sichtbarmachung des eigenen Minderheitenstatus. Genauer gesagt: noch nicht, denn die Lesben, diejenigen zumindest, die sich zu Sprecherinnen ermächtigen, die wollen's. Hab ich gelesen. Was ich auch gelesen hab: In den USA heißen heimliche Homosexuelle »closet gays«. »Closet« bedeutet aber Schrank, genauer gesagt Wandschrank, Einbauschrank, Kämmerchen, stilles Kämmerchen vielleicht auch, aber nicht stilles Örtchen. Dies sollte wissen, wer in die USA reist. Kanada vielleicht auch. Australien weiß ich nicht.

Nun tritt eine Frau lippenleckend und bauchstreichelnd aus dem WC.

Armin denkt: Wenn das mal nicht die Frau von der mir sehr wohl bekannten »Wäscherei Pikobello« ist! Die kenn ich doch ... Die ist doch keine Wandschrank-Lesbe. Die hat einen unrasierten Mann und mindestens drei dicke Kinder! Die loungen bzw. lungern manchmal vor der Wäscherei herum.

Jetzt sieht man, wie zur Illustration von Arnims Assoziationen, die drei dicken Kinder der Wäscherin, lesend in syphige Seventies-Sitzelemente gefläzt, auf die werktätige Mutter warten. Die syphigen Seventies-Sitzelemente sind wahrscheinlich nachts von sogenannten Mitbürgern zum »Gratis-Mitnehmen für die Nachbarn« auf den Gehsteig gestellt worden. Was liest der Nachwuchs denn so? Laßt uns mal heranzoomen mit unseren leistungsfähigen Augäpfeln. Auf dem Buch des einen Kindes steht »WhatsApp«, auf dem Buch des zweiten »Instagram« und auf dem dritten Buch »Tinder«.

Lustiger Einfall, gewiß, und anerkennenswerterweise noch nicht überstrapaziert.

Zurück vor der WC-Tür.

Armin sagt: Ich setze mir mal die Brille auf.

Nun liest er an der Tür: WC DEFEKT

Arnim ruft: Defekt, nicht Respekt! Da bin aber erleichtert.

Doch aus der Tür tritt schon wieder jemand heraus. Eine interessante Persönlichkeit mit stramm geschnürten Lederschuhen und Chrysantheme im Knopfloch. Ist es ein Händler gehobener Gemischtwaren? Ein urbaner Einsiedler? Ist es der Sänger Max Raabe? Egal. Armin ist irritiert und denkt: Wieso kommen aus einer defekten Toilette andauernd Leute?

Er wendet sich um und reckt den Hals, als ob er einer an der Decke befestigten Überwachungskamera etwas mitzuteilen hätte, und ruft händeringend: Was stellt das Leben mit mir an? Ist dies der erste Schritt ins Nebelreich? Muß ich demnächst schon in ein Heim?

Er guckt wieder zur Tür. Er denkt: Ruhig Blut. Immer schön bei Gemüt bleiben. Ich setz mir jetzt mal die *ganz starke* Brille auf! Diejenige für Medikamentenwaschzettel, Kochanleitungen auf Fertigprodukten und CD-Booklets.

Nun liest er an der Tür: PC KONFEKT

Armin hält sich den Bauch vor Lachen und ruft: Ach, das ist ja gar kein Klo hier, sondern eine Konditorei für politisch korrektes Konfekt, also Konditoreierzeugnisse ohne Transfette, Palmöl, Gentechnik und so weiter! Hahaha!

Eine Dame, die gerade aus der mit Verspätung erkannten Confiserie kommt, sagt freundlich: Zur Toilette die Treppe runter!

Zurück im Schankraum.

Arnim, einen Espresso vor sich, denkt sich folgendes: Ein wunderbares Erlebnis. In meiner Stadt, in meinem Leben, in meiner Zeit. Leider kann man es niemandem erzählen – die Leute würden sagen: Das klingt so ausgedacht, so gewollt, so konstruiert. Was schon bei Phantasieleistungen ein schlechter Einwand ist! Doch der Realität vorzuwerfen, sie würde gewollt und ausbaldowert rüberkommen, ist an Torheit kaum zu überbieten.

So rauschen die Zauberhaftigkeiten des Lebens ungewürdigt an den Menschen vorbei. Fand ich schon immer schade, daß sie sich für ihre Umgebung nicht interessieren. Müssen sie halt weiterhin nach Thailand fliegen, um irgendwas zu erleben.

DER EINZELESSER UND DIE INVASIVE JUNGE FAMILIE

Mittags im Restaurant. An einem Einzeltisch sitzt ein Herr um die sechzig und läßt es sich schmecken. Gastrosoziologen würden von einem »situativen Einzelesser« sprechen.

Am Nachbartisch ein sogenanntes »Hipster-Ehepaar«, dessen Töchterchen im ansonsten schwach besuchten Restaurant ausgelassen herumturnt und kindliche Laute ausstößt, z. B. Pupi Lupi! Oder auch: Lupi Pupi!

Die Mutter *(von ihrem Smartphone aufblickend)*: Würdest du vielleicht ein kleines bißchen ruhiger sein? Du störst den Mann beim Essen!

Der Mann denkt: Wieso ist man immer bloß »der Mann«, wenn Eltern zu ihren Kindern sprechen? »Laß mal den Mann vorbei!« »Gib dem Mann mal ein Küßchen.« Nee, das wohl nicht mehr heutzutage. Aber vielleicht: »Schenk dem Mann mal ein Blümchen«. Oder ein Brötchen. Aber nicht das mit dem teuren Serrano-Schinken!

Das Kind verhält sich weiter lebhaft: Lupi Lupi! Pupi Pupi!
Die Mutter: Jetzt nimm mal ein klein wenig Rücksicht. Der Mann will in Ruhe zu Mittag essen.

Der mit »der Mann« gemeinte Einzelspeisende wischt sich die Lippen ab und neigt sich konziliant dem Nachbartisch zu: Mich stören spielende Kinder überhaupt nicht!
Die Frau *(patzig)*: Mischen Sie sich da nicht ein! *(Wesentlich leiser und verzögert)*: Aber danke!

Ihr Partner schaut sie erschrocken an.

Der Einzelesser: Okay. Kein Problem.

Er denkt: Über solche Frauen machen sich Kabarettisten seit Jahrzehnten lustig. »Mütter vom Kollwitzplatz« und so. In den USA nennt man sie Karen. Da muß ich ja nun nicht auch noch drauf rumhauen. Das erledigt schon der Partner.

Der raunt seiner Frau entgegen: Das hätte meiner Meinung nach eben nicht sein müssen. Der Mann hat keinen Menschen, der ihm beim Essen Gesellschaft leistet, wird von Leuten wie uns aus seinem Kiez vertrieben …
Seine Frau flüstert zurück: Von Leuten wie uns? Oh my Gaad!

Nun sieht man wieder den Einzelesser, der mit Pokerface weiterschmaust und so tut, als ob er von dem Geraune nichts mitbekäme. Er denkt: Ich hatte alles: 1983 den ersten Walkman von Sony, dann CD-Walkman, iPod, MiniDisc, sogar einen DAT-Walkman, natürlich auch Smartphones fast aller Generationen, alles, aber alles fast nie benutzt! Deswegen habe ich noch immer hundert Prozent Gehör. Sämtliche anderen sind ja wegen jahrzehntelangen Kopfhörergebrauchs mehr oder minder schwerhörig. Und darum glauben Leute vom Nachbartisch immer, man würde nicht verstehen, was sie tuscheln. Aber ich verstehe alles! Immer! Alles!

Der »Hipster« am Nebentisch flüstert seiner Frau zu: Der Mann hat sich möglicherweise den Restaurantbesuch von seiner kleinen Rente abgeknapst, und jetzt wird er von invasiven Besserverdienern angeschrien.
Seine Frau schlägt die Hände vors Gesicht und flüstert: Ich schäme mich!

Der Einzelesser denkt: Ui ui ui ui ui! Gleich flüstert er noch, ich hätte Krebs und nur noch einen Monat zu leben …

Die Frau: Du meinst, ich muß mich entschuldigen?
Ihr Partner: Ich könnte nicht mehr in den Spiegel schauen, wenn du es nicht tätest! Möglicherweise hat er eine unheilbare Krankheit. Dieser fahle Teint …

Die Frau ist aufgestanden und richtet sich an den Einzelesser: Ich glaube, ich habe mich eben nicht hundertprozentig korrekt verhalten, und möchte Sie daher in aller Form …

Der Einzelesser *(der Frau supercool in die Augen schauend)*: Haben Sie während der Schwangerschaft Lotto gespielt?

Die Frau: Ich versteh nicht. Warum fragen Sie das?

Der Einzelesser: Einfach so, weil es mich interessiert.

Die Frau *(verunsichert)*: Ich nicht, aber ich glaube, meine Mutter hat Lotto gespielt, während sie mit mir schwanger war.

Der Einzelesser: Ich habe nämlich mal einen Artikel gelesen: »Lottospielen in der Schwangerschaft – das unterschätzte Risiko.«

Die Frau *(kleinlaut)*: Okaaay …

Die Familie zieht ab.

Beim Verlassen des Lokals fragt **die Frau:** Sag mal, war das eben Zynismus oder Sarkasmus?

Ihr Partner: Vielleicht doch eine unheilbare Krankheit! Hirntumor vermutlich! Ich könnt den Typ, also, ich könnte diesen Typ so was von …

Auf der Straße, das Kind ins Auto wuchtend, sagt **die Frau:** Aber einen so fahlen Teint hatte der gar nicht, sondern ganz rote Bäckchen.

Ihr Partner: Kommt vom Saufen!
Die Frau: Der trank doch eben Bio-Zisch Granatapfel.
Ihr Partner: Zum Schein! Damit wir nicht merken, was er sich den restlichen Tag lang alles reinpfeift.

Die jungen Eltern steigen ins Auto.

Durchs Fenster sieht man den weiterhin im Restaurant sitzenden Einzelesser, der nun in der Tat sehr rote Bäckchen hat, erfreut hinausschaut und mit kleiner Geste äußerst kinderfreundlich dem Kind nachwinkt, welches augenzwinkernd ruft: Lupi Pupi!

PETRA GERSTER VS. DAVID BOWIE

Ich bin überzeugt, daß die öffentlich-rechtlichen Medien nicht lügen. Zum Lügen fehlen ihnen nicht nur Phantasie und Frechheit, sondern vor allem die bösen Absichten. Zum Betreiben wirkungsvoller Propaganda mangelt es ihnen obendrein an Kaltsinnigkeit und am sogenannten Raffitückischen. Um hingegen den in den letzten Jahren immer wieder erhobenen Vorwurf der Gleichschaltung gerechtfertigt scheinen zu lassen, müßte irgendjemand mit klaren oder gar allzu klaren Vorstellungen an einem Schalthebel sitzen, eine Art Goebbels: Aber dort ist niemand, der klare Vorstellungen hat. Da schaltet keiner was. Dennoch wäre es nicht angebracht, mit der Arbeit der gebührenfinanzierten Kanäle allzu zufrieden zu sein.

An dem Abend, der jenem finsterem Morgen folgte, an dem der Tod von David Bowie bekanntgegeben wurde, stellte sich Petra Gerster, die führende Nachrichtensprecherin des ZDF, vor die Kamera und sprach: »Er war ein wahres Multitalent: Maler, Schauspieler, Sänger.«

Wenn ein Kind einem Erwachsenen eine einwandfrei aus Legosteinen zusammengebaute Elbphilharmonie präsentiert und gleichzeitig ein Gedicht aufsagt, beugt sich der Erwachsene zum Kind herunter, streicht ihm übers Haar und sagt: Du bist ja ein wahres Multitalent!

Bei einem Künstler jedoch, der insbesondere seit seinem unerwarteten Comeback 2012 von vielen als bedeutendster seiner Epoche gesehen wird, klingt »wahres Multitalent« herablassend, ignorant und läppisch.

Und: David Bowie war kein Maler. Er hat zur Entspannung oder weil er nicht tatenlos herumsitzen konnte, das eine oder andere Bild angefertigt, und zwar auf dem Niveau eines begabten Volkshochschulkursteilnehmers. Es kann schon sein, daß ein reicher Fan für so ein Blatt bei Gelegenheit ein paar tausend Dollar ausgibt, doch kein namhaftes Kunstmuseum auf der Welt würde seine Werke je ausstellen, es sei denn ein durchtriebener Kurator sollte sich mal einen Werbejux erlauben. Vorstellbar wäre allenfalls, daß seine malerischen Erzeugnisse mit denen von Sylvester Stallone, Elke Sommer und Amanda Lear zu einem Celebrity-Konvolut zusammengelegt werden, das durch Einkaufspassagen und Möbelhäuser tourt, aber solche Greueltaten würde Bowies kultivierte, hochanständige und auf zusätzliche Einnahmen eh nicht angewiesene Witwe Iman zu verhindern wissen.

Auch Schauspieler war er nicht. Als großer Kommunikator allerdings hatte er gern Kontakt zu Künstlern anderer Genres, hielt sich gern an Filmsets auf, und wenn er schon mal da war, hat er auch ein bißchen mitgespielt und hat dabei jedesmal blendend ausgesehen in seiner makellosen Drahtigkeit. In einem seiner vielen gutgelaunten Fernsehinterviews der achtziger und neunziger Jahre meinte er, sein Schauspieltalent beschränke sich darauf, von einem Raum in den anderen zu gehen, und diese Selbsteinschätzung war keine taktische Bescheidenheit. Über einen seiner Filme urteilte er gar, dieser sei seine 32 Elvis-Presley-Filme »rolled into one«. Von den Presley-Filmen unterscheiden sich die seinen leider dadurch, daß er in den meisten nicht sang, denn Sänger war er – weiß Gott, in der Tat –, und zwar einer der sonorsten und gewaltigsten. Vor allen Dingen aber war er der erfindungsreichste und mutigste Songschreiber aller Zeiten, der vor keiner Jazz-Komplexität, vor keiner produktionstechnischen Unerhörtheit zurückscheute. Warum hat Petra Gerster das keiner mitgeteilt? Warum ließ man sie statt dessen sagen: »Maler, Schauspieler, Sänger«, in genau dieser Reihenfolge? Warum zählte sie die Hobbys des Verblichenen auf? Schlichte Fragen, schlichte Antwort: Es stand halt so bei Wikipedia.

Wenn es mal schnell gehen muß, greift man zur Tütensuppe. Oder schaut bei Wikipedia nach. Aber mußte es denn schnell gehen? Zwischen der Todesnachricht und der Abendausgabe von »heute« lagen gut zehn Stunden. Hätte man in der Zeit nicht herausfinden können, was der leider verstorbene große Mann für einer war?

Übrigens möchte ich keinesfalls Petra Gerster

schlechtreden. Sie ist eine hervorragende Sprecherin, was man unbedingt zu schätzen wissen sollte im Zeitalter von YouTube, wo man nicht selten mit von Roboterstimmen intonierten Prominentennachrufen traktiert wird oder gar mit Nachrufen, die von sprechenden Fahrstühlen gesprochen werden: »Nächster Halt: erstes Untergeschoß.« Auch mit den Zumutungen, die sich aus dem Verlesen von Nachrichten im Stehen ergeben, kommt Petra Gerster spielend zurecht; eine Zeitlang hat das ZDF sogar Landkarten von Kriegsgebieten auf den Fußboden projiziert, und sie mußte z. B. um Afghanistan herumgehen und die Gegebenheiten erläutern, was sie souverän meisterte. Die meisten anderen wären vermutlich aus Versehen einmarschiert.

Im Bereich ausgewiesener Kernkompetenzen, also Explosionen im Nahen und Mittleren Osten sowie bei der Verkündung von Fußballstatistiken und verwandtem Käse aus der Welt des kommerziellen Sports, sind die Nachrichtensendungen von ARD und ZDF gut genug fürs schlichte deutsche Abendbrot. Oft merkt man ihnen aber die Mühe an, die dreizehn bzw. siebzehn Minuten bis zum Einsetzen des Sportklatsches zu füllen. Zur Not – und diese Not besteht häufig – berichten sie über Waldbrände im Mittelmeerraum oder Kalifornien. In diesen Gegenden ist es wegen des sogenannten guten Wetters und der verschwendeten Wassermengen für die Swimmingpools der Allzugutverdienenden oft ungebührlich trocken, und dann brennt es eben schnell. Für die Anwohner ist das wahrlich unangenehm, aber warum muß das zwanzigmal im Jahr in gebührenfinanzierten Nachrichten erwähnt werden? Aus purer Gewohnheit natürlich. Am 17.12.2017 wurde in der ARD-»Tagesschau« sogar kundgetan, daß die Popsängerin Katy Perry sich über Twitter bei der kalifornischen Feuerwehr für deren Einsatz bei der Waldbrandbekämpfung bedankt habe. Es wurde auch nicht versäumt, den Tweet einzublenden, wodurch auch das letzte Albumcover der schwatzhaften Frau sichtbar wurde, die bislang durch nichts als die Beschallung von Shopping Malls auffällig geworden ist.

All dies jedoch und genauso der elende Umstand, daß sie nicht wissen, wer David Bowie war, sind noch lange keine Gründe, die Öffentlich-Rechtlichen abzuschalten oder die AfD zu wählen. Sollte aber jemand in nächster Zeit nach Hamburg oder Mainz kommen, möchte ich darum bitten, dort doch mal an die entsprechenden Türen zu klopfen und eindringlich, aber höflich zu fragen, ob es nicht möglich wäre, sich ein bißchen mehr Mühe zu geben.

MORRISSEY VS. »DER SPIEGEL«

Der immer wieder einmal vieldiskutierte Rockstar Morrissey ist kein interessanter Musiker, aber er ist seit Jubeljahren ein bemerkenswerter Dichter und darüber hinaus eine interessante Persönlichkeit, was in der drögen Welt der jetzigen Popmusik durchaus etwas wert ist. Aufgrund des arg normalen Indie-Rocks, in den er seine charmanten Lyrics verpackt, habe ich ihn bislang nur als mäßig reizvollen Künstler empfunden, als einen wie Bob Dylan – oder gar Dieter Bohlen –, die musikalisch ganz aufs millionenfach Bewährte setzen, damit niemand vom Genuß der Texte abgelenkt wird. Als vor einiger Zeit verlautbart wurde, Morrissey habe in einem Interview mit dem »Spiegel« unerhörte, international Wirbel auslösende Dinge über die Harvey-Weinstein-Kevin-Spacey-Causa geäußert, bin ich hellhörig geworden, wenn auch nicht hellhörig genug, um mir den »Spiegel« zu kaufen. Aufgrund des Wirbels stellte jedoch der »Spiegel« einen Audio-Mitschnitt des Interviews online, bei dessen Anhörung ich ins Staunen geriet.

Väterlich, ja großväterlich geduldig, in wohltemperiertem Englisch und nicht ohne Witz reagierte der Dichter auf die Zumutung, sich von einem völlig unvorbereiteten, sich vor Aufregung kaum einkriegen könnenden deutschen Mädchen ausfragen zu lassen – das Wort Mädchen für eine dreißigjährige Frau finde ich an sich völlig unpassend, ja übergriffig, aber die Dreißigjährige klang eher wie eine Dreizehnjährige. Sie konnte keinen Halbsatz ihres Gesprächspartners verstreichen lassen, ohne mit »Hm hm« zu reagieren.

»I don't care about these people. It's all marketing, marketing, marketing«, sprach der Dichter.

»Hm hm, hm, hm hm«, erwiderte seine Gesprächspartnerin.

Zu dem erwähnten Aufregerthema sagte Morrissey nichts, was nicht auch in meinem oder jedem anderen Bekanntenkreis hätte geäußert werden dürfen – solide, abwägende, nicht auffällig extremistische Dinge.

Das Fürchterliche an dem Interview war die sprachliche Unbedarftheit der jungen Dame, die ohne Sinn und Verstand nach Los Angeles geschickt worden war, um dort ihr kichernd aufgeregtes Desinteresse an ihrem Interviewopfer zu demonstrieren.

Es gibt im anglophonen Raum einen Unsinn, ein Elend, eine Verwahrlosungserscheinung, eine sprachliche Krankheit, die darin besteht, daß Menschen ihrer Rede an den unpassendsten Stellen das Füllwort *like* beifügen. Füllwörter brauchen wir alle, aber manche bringen es auf zwanzig *Likes* pro Minute. Daß Lehrkräfte das aushalten, ist bewundernswert. Man hörte jedoch schon von Universitätsprofessorinnen, die auf ihrem Campus selbstgemalte Schilder aufstellten, auf denen stand: »Stop saying like.«

Nützt natürlich nichts. Am erbärmlichsten ist es, wenn Nichtmuttersprachler ihrem schlecht beherrschten Urlaubsenglisch mehr Authentizität zu verleihen versuchen, indem sie die Marotte übernehmen.

Die bedenkliche junge Dame aus Deutschland sagte zu dem sich heroisch eigensinnig gebenden Mann aus Großbritannien, als sie vom Drauflosschwatz-Thema Trump zum Drauflosschwatz-Thema Brexit überwechseln wollte, genau folgendes: »Yeah, like cos in Germany there were two things like, like watching the news we saw it wouldn't happen like one was like Trump and the other was Brexit but like you said you like be pro-Brexit, is that true?«

Exakt das waren ihre Worte. Wenn ich schon mal eine Audio-Datei transskribiere, bin ich ordentlich. Es war anstrengend, das zu transskribieren. Ich habe einige Zeit dazu gebraucht. Weil die Audio-Datei auf »Spiegel Online« unscrollbar war, habe ich den Mist mit meiner kleinen Kamera abgefilmt, und die Video-Datei war dann scrollbar. Danke, kleine Kamera.

Damit sich die Mühe gelohnt hat, möchte ich das Resultat meiner Mühe ein zweites Mal zitieren: »Yeah, like cos in Germany there were two things like, like watching the news we saw it wouldn't happen like one was like Trump and the other was Brexit but like you said you like be pro-Brexit, is that true?«

Hier äußert sich ein Problem, aber es liegt nicht darin, daß ein Künstler vom Gewohnten abweichende Meinungen vorträgt, sondern daß man ihn solchen Journalisten aussetzt. Hier ist auch eine Mißachtung gegenüber Künstlern festzustellen, die der Popkultur zugerechnet werden, selbst wenn sie so hochliterarisiert sind wie derjenige, von dem hier die Rede ist. Einem Politiker, Wirtschaftsexperten oder Vertreter der klassischen Musik würde der »Spiegel« niemals dermaßen einfältige Interviewer zumuten. Die würden das Gespräch nach drei Minuten abbrechen, und der musikalisch meines Erachtens zwar unangenehm konservative, aber persönlich offenbar doch recht umgängliche Morrissey hätte genau das auch tun sollen.

Es verwundert nicht, daß sich im Netz allerlei Häme breitmachte bezüglich der Sprachkompetenz der »Spiegel«-Popexpertin, die daraufhin auf Facebook verlautbarte, es gebe viele Journalisten, die genauso schlecht Englisch sprächen wie sie, und die würde niemand kritisieren, weil sie Männer seien. Ihren Einwurf beendete sie mit folgenden goldenen Worten: »Nehmt eure sexistischen Köpfe aus euren verdammten Ärschen und laßt mich in Frieden, danke.«

Zum schlechten Englisch gesellt sich hier offensichtlich eine schlechte Weltwahrnehmung. Kennt sie denn nicht den langjährigen deutschen EU-Kommissar Günther Oettinger, der eines Tages noch zum Schutzpatron der Schlechtenglischsprecher aufsteigen wird, bedenkt man, wie anhaltend sein Brüsseler Radebrechen in allen Kommentarspalten verspottet wurde. Und der arme Guido Westerwelle von der FDP! Was hat der aushalten müssen! Wer schlecht Englisch spricht bei der Ausübung öffentlich beachteter internationaler Tätigkeiten, wird eben verspottet, ungeachtet der Chromosomenkonstellation.

Es scheint, als ob die derzeit am meisten wahrgenommene Variante oder vielleicht auch Schwundform des Feminismus, also diejenige, die man landläufig Hashtag- oder T-Shirt-Feminismus nennt, soziologisch korrekt allerdings *fourth wave feminism* –, mir scheint, als ob diese gesellschaftliche Strömung die Karrieren von extrovertierten und oft etwas ordinären, auf jeden Fall aber selbstgefälligen und stark zur wortreichen Aufgeregtheit neigenden jungen Frauen begünstigt, zumindest in den Medien. Aber wer weiß, vielleicht kommt bald ein *fifth wave feminism*, der wieder einen etwas interessanteren Frauentypus in den Mittelpunkt rückt.

HAUSAUFGABEN

Ein Ehepaar steht am Eingang eines Mietshauses.
Die Frau ruft in die Durchsprechklingelanlage: Hier sind Anni und Gerhard!
Es tönt zurück: Super! Dritter Stock.
Gerhard: Müssen wir da wirklich hin?
Anni: Jetzt haben wir geklingelt. Damit ist eine Art »point of no return« erreicht. So wie der Kippunkt beim Klima. Will sagen: zu spät.

Beim Hinaufstapfen ermahnt Anni ihren Mann: Sitz bitte nicht wieder den ganzen Abend unbeteiligt da. Wenn einer was sagt, dann antworte einfach: Das hab ich auch noch nicht gewußt.
Gerhard: Werd mir Mühe geben.
Anni: Und wenn es um Politik geht …
Gerhard: Ich weiß nichts von Politik. Ich bin Mykologe. Ich unterhalt mich gern mit Leuten, die etwas von Pilzen verstehen.
Anni: Ist klar! Aber wenn Politik zur Sprache kommt, sag einfach: Da hat die Politik mal wieder ihre Hausaufgaben nicht gemacht. Das paßt immer, und du wirkst wach und involviert. Merk dir das bitte.

An der Wohnungstür wartet schon die aufgekratzte Gastgeberin Pamela: Anni! Gerhard! Wie süß ist das denn, daß ihr unsere Einladung angenommen habt! Pamela hilft den Gästen aus dem Mantel und sagt: Leonard ist noch beschäftigt mit seinem ukrainischen Zwiebeltopf, den er auf einer kulinarischen Solidaritäts-Webseite gefunden hat.

Im Hintergrund sieht man Leonard, der eine Schürze trägt, mit einem Kochlöffel aus der Küche herauswinken.

Man zwängt sich in die Küche.

Leonard rührt und sagt: Ukrainischer Zwiebeltopf mit Lorcheln nach dem Rezept einer alten Dame aus Uschgorod, deren Haus vor noch nicht mal 48 Stunden abgebrannt ist. Pamela, ich muß hier noch ein bißchen rühren – verteilst du bitte den Prosecco an unsere unheimlich lieben Gäste?

Nach dem Prosecco.

Es sitzen alle am schön gedeckten Eßzimmertisch, teils den gelungenen braunen Pamps löffelnd, teils schwatzend.

Anni: Wo hast du denn die Lorcheln her, Leonard? Bei uns gibt es allenfalls Morcheln.
Leonard: Internet.

Pamela: Im Internet gibt es ja auch eine Kampagne, die behauptet, Zwiebeln seien giftig.
Anni: Als die Leute der Behauptung überdrüssig wurden, Milch sei giftig, fingen sie an, Zwiebeln für giftig zu erklären.
Pamela: Ge-nau! Du durchschaust es, Anni! Riesenrespekt erst mal dafür, aber nun kommt ein ganz dickes Aber! Warum? Ich sag's dir, Anni! Für Schwangere *sind* Zwiebeln giftig!
Leonard: Nein, nein. Nein, meine unheimlich liebe Frau. Das kann man *so* nicht pauschal sagen. Schwangere Frauen, die viel Zwiebeln essen, haben lediglich ein erhöhtes Risiko, einen Linkshänder zu gebären.
Gerhard *(sich schüchtern zur Gesprächsteilnahme ermannend)*: Das hab ich auch noch nicht gewußt.
Anni knufft Gerhard in die Seite und wispert erfreut: Siehst du! Geht doch!
Pamela: Aber nur auf der Nordhalbkugel. Südlich des Äquators sinkt das Risiko einer Linkshändergeburt durch Zwiebelverzehr sogar leicht.
Leonard: Das muß mit dem Erdmagnetismus zusammenhängen.
Pamela: Wieso? Gerhard, noch etwas Smetana für die Lorcheln?
Leonard greift zu einem Wollknäuel – seine Frau ist eine ehemalige internationale Wettbewerbsstrickerin – und deutet unbeholfen darauf herum: Na ja, nehmen wir das mal als Globus. Wenn da der geographische

Nordpol ist, müßte da der magnetische Südpol sein. Oder vielleicht eher da hinten? Also, wenn hier Australien ist, dann müßte doch eigentlich ...
Pamela *(knapp zu Leonard)*: Leonard, laß meine Wolle in Frieden. *(Charmant zu den anderen)* Cognac am Kamin?
Leonard *(froh, von seiner schwierigen Aufgabe entbunden zu sein)*: Brilliante Idee! Meine Frau halt!

Die beiden Frauen gehen voraus zum Kaminzimmer.

Leonard legt den Arm um Gerhard und fragt: Du bist doch Mykologe, ja? Ich hätte da mal eine fachbezogene Frage.
Gerhard: Gern.
Leonard: Ich habe gehört, man arbeite daran, bei der teuren Glasfasertechnik die Glasfasern durch Pilzmyzelien zu ersetzen.
Was hast du uns darüber aus erster Hand zu berichten?
Gerhard: Nichts. Tut mir leid.

Die Frauen schauen erschrocken. Wird jetzt eine quälende Konversationslähmung eintreten?

Leonard: Nichts? Gar nichts? Man sieht mich höchst baff!
Gerhard *(nach ausgiebigem Räuspern)*: Da hat die Mykologie mal wieder ihre Hausaufgaben nicht gemacht.

Die Runde entspannt sich.

Anni raunt ihrem Mann entgegen: Ich bin so stolz auf dich! Nun zeigst du auch noch Selbstironie! Ganz wunderbar hast du das gemacht.

KLEINE UNPARLAMENTARISCHE ANFRAGE

Ein schon etwas älterer Herr sitzt auf einem zumindest seiner bescheidenen Meinung nach eleganten Billignachbau eines Biedermeiersofas an einem Kaffeetisch, auf dem eine Vase mit einem leicht pompösen Blumenstrauß steht. Der Herr mit den bescheidenen Meinungen hat eine Fernbedienung in der Hand.

Er sagt: Hallo! Muß ich jetzt irgendwo draufdrücken? Vielleicht hier? Oh, läuft schon … Hallo noch einmal! Die Blumen habe ich von meinem Steuerberater bekommen. Wegen Kanzleitreue. Nicht daß einer denkt, ich würde hier von netten Ladies überrannt.

Ein superherzliches Hallo zum dritten. Ich bin ein sogenannter älterer Herr und wohne zur Miete in einer der beliebten und beneideten Berliner Altbauwohnungen. Gucken Sie mal, wie hoch das hier ist. Vier Meter vierzig! Und dort, ganz oben, klebt der Rauchmelder. Wie der wohl dahin gekommen ist, fragt der neidische Niedrigraumbewohner da natürlich. Da braucht man schon einen Alexander Gerst oder, für die älteren Zuschauer, einen Neil Armstrong oder, für die älteren Zuschauer aus der DDR, einen Sigmund Jähn, um so etwas zu installieren.

War aber anders! Im Dezember 2020 schickte man mir einen jungen irakischen Flüchtling. Ganz zartes verschüchtertes Bürschchen, das ich gern vor seiner himmelschreiend abscheulichen Aufgabe bewahrt hätte. Er hatte eine siebenstufige Leiter dabei. Als er merkte, daß die nicht ausreichte, mußte er noch einmal zum Auto und kehrte mit einer dreistufigen Aufsteckleiter zurück, und wie er auf deren höchster Stufe stand und den Rauchmelder in die Raumdecke schraubte, konnte ich kaum hinsehen, dachte: Um Himmels willen, vielleicht hat der junge Mann bereits Schlimmes erlebt, aber etwas so Schlimmes wie dies wohl noch nie! Ich blieb, die Hand vor Augen, neben der Leiter stehen, um den jungen Mann im Falle eines Sturzes aufzufangen. Wie froh war ich, als er kreidebleich, doch unbeschadet heruntergekrabbelt war.

Einige Wochen später hatte ich Appetit auf Bohnensuppe. Und zwar Bohnensuppe aus selbst eingeweichten und selbst gekochten Bohnen. Da man schlecht zwei Stunden neben dem Herd stehen und das Weichkochen seiner Bohnen beaufsichtigen kann, guckte ich mir nebenan Tierfilme an.

Während ich die Tiere in den YouTube-Videos belachte, begann unvermittelt der Rauchmelder im Flur zu piepen.

Ich eilte in die Küche und stellte fest: Meine Bohnen rauchten! Ich riß den Topf von der Herdplatte, Hahn auf, Wasser in den Topf, doch es piepte weiter wie von Sinnen, und dann schrillte auch noch die Wohnungsklingel.

Es war die derzeitige junge Frau aus der dritten Etage: Herr Nachbar, brennt's bei Ihnen? Ich: Nein nein nein, liebe häufig wechselnde Repräsentantin des jungen Airbnb-Gemüses aus dem dritten Stock, es ist nur mein unzureichend beaufsichtigtes Eintopfgericht! Aber danke, und Riesenrespekt für die *neighborhood watch.*

Ein Blutdruckmeßgerät wäre schön gewesen angesichts meiner Aufregung, andererseits nicht auszudenken, wenn das auch noch zu piepen angefangen hätte!

Holte mir'n Besen. Gott sei Dank besitze ich noch solche schönen alten Dinge. Die jungen Leute mit ihren App-gesteuerten Saugrobotern kennen ja wahrscheinlich gar keine Besen mehr. Der Besenstiel war freilich nicht lang genug bzw. ich zu klein.

Ich also knapp vor Panikattacke, doch Panik gebiert mitunter die kühnsten Ideen. Ich hab ja noch einen Wischmopp, fiel mir ein, und ... Paketklebeband. Dieses breite, braune, das man immer nicht abkriegt von der Rolle, es sei denn, man hätte Fingernägel wie eine Straßenhure. Das braune, breite liegt seit 1980 in einer Schublade, aber in welcher bloß! Letzten Endes wurde die Rolle aufgestöbert, und ich klebte den Wischmoppstiel und den Besenstiel aneinander. Das Klebeband habe ich von der Rolle abbeißen müssen. Was war ich froh, daß mich keiner dabei gefilmt hat, aber immerhin: Die entstandene Stange war lang und stabil genug, den Rauchmelder zum Verstummen zu bringen.

So. Jetzt, wo Beruhigung eingetreten ist, sitz ich hier und mach ein Video für die Allgemeinheit. Wäre das hier das Parlament, würde ich eine »Kleine Anfrage« stellen.

Ich möchte von der Bundesregierung wissen:

a) wieviele Todesfälle durch den verordneten Einbau von Rauchmeldern in Privatwohnungen verhindert wurden? Drei? Oder vielleicht dreizehn?

Und b) möchte ich von Ihnen wissen, wieviele ältere Menschen zu Tode kamen, die auf Leitern und Möbel geklettert sind, um ihre piepsenden Zwangsbeglückungen abzuwürgen. Und wieviele einen Herzinfarkt erlitten vor lauter Piepsstress. Bestimmt mehr als drei oder dreizehn! Wahrscheinlich sind allein dreißig alte Menschen auf ihren Schränken verhungert, weil sie da nicht wieder runterkamen!

Haushaltsunfälle, ja? Und Haushaltsunfälle in Zusammenhang mit Brandmeldern werden nicht gesondert erfasst? Das ist aber praktisch für die Damen und Herren Brandmelderhersteller!

FLAMMKUCHEN

Heiß ist's. Ein englisch sprechendes Paar nimmt an einem Biergartentisch Platz. Am Nebentisch ein alleinstehender Herr, bedrohlich kommunikativ dreinschauend.

Eine Serviererin bringt Speisekarten und fragt: German, English?
Die Angelsächsin: English, please.
Die Serviererin: Anything to drink?
Der Angelsachse: A beer would be nice.
Die Serviererin: Big, small?
Der Angelsachse: Big.
Die Serviererin: Cash, credit card?

Die Serviererin zieht sich zurück, das Paar blättert in der Speisekarte.

Der alleinstehende Herr macht sich Gedanken: Komisch, daß Kellner das Wort »oder« nicht mehr sagen. »Kaffee, Tee?«, »Englisch, deutsch?«, »Groß, klein?« »Milch, Zucker?« – alles immer ohne »oder«.

Der Angelsachse: I wonder what »Flämkuken« is.
Mit heftigem deutschen Akzent (»Nazi-Englisch«) mischt sich **der alleinstehende Herr** ein: It's like a pizza, but thinner, and it's not round, but rectangular. In East Germany they also had rectangular pizza. It was

called Krusta, but it immediately disappeared, when the wall collapsed.

Die Angelsächsin, amüsiert: So it's like a disappearing rectangular pizza that survived the collapse of the wall?

Alleinstehender: No, it's from Elsass, the formerly German speaking part of France. Maybe you know Albert Schweitzer. He was from Elsass.

Die Angelsächsin: Yes, we know him.

Der Angelsachse: He taught African children to play cello, didn't he?

Die Angelsächsin: You speak very good English by the way.

Der Alleinstehende: Thank you! But did you know that there are people in Germany who think it's racist to say to other people: Sie sprechen gut Deutsch. That means: You speak good German.

Der Angelsachse flüstert seiner Frau zu: This weird guy is really getting on my tits.

Seine Frau: I wish we could be somewhere else.

Man hört ein Harfenglissando, und prompt ist man, als wäre die Welt ein phantasievoller Kinderfilm, tatsächlich ganz woanders, und zwar auf einer Baustelle in der Nähe des Regierungsviertels von Berlin-Mitte. Ein weiteres langweiliges Bürogebäude mit Schießschartenfenstern wird gebaut.

Ein Herr guckt sich das an und fragt einen anderen, der zufällig anspaziert kommt: Was entsteht denn da schon wieder für ein ödes Bauwerk?
Der andere: Eine Behörde, in der sich Leute mit Migrationshintergrund beschweren können, denen jemand gesagt hat: Sie sprechen aber gut Deutsch.
Der erste: Wozu das denn?
Der zweite: Die Stadtverwaltung meint wohl, man dürfe die Larmoyanz nicht dem Internet überlassen.
Der erste: Hey hey, mein Lieber! Sie sind wohl einer, der kein Blatt vor den Mund nimmt! Sind Sie mutig oder bloß von der AfD?
Der zweite: Gott bewahre! Ich meine nur, daß sich kein vernünftiger Mensch über eine solche Bemerkung beklagen sollte, weil Angehörige jeder gesellschaftlichen Gruppe irgendwelche nervtötenden Sätze kennen, die sie gern nicht mehr hören würden.

Beispiel: Physiotherapeuten

Man sieht einen augenrollenden Physiotherapeuten, der eine auf dem Bauch liegende Person massiert und von einem Interviewer gefragt wird: Ist das nicht eklig, wildfremde Menschen zu begrabbeln?

Oder: Schriftsteller

Man sieht eine augenrollende Schriftstellerin, die von einer Schülergruppe gefragt wird: Wie würden Sie Ihren Stil bezeichnen? Wo tanken Sie Ihre Inspirationen?

Oder: Polizeibeamte

Man sieht einen augenrollenden Polizeibeamten, dem gesagt wird: Sie werden so schlecht bezahlt, und zum Dank werden Sie Tag und Nacht mit Steinen beschmissen! Ich verdiene viel mehr, und mich bewirft keiner mit Steinen!

Oder: Betreiber informeller Gastronomie

Sag mal, könnt Ihr Betreiber informeller Gastronomie nicht mal irgendwas anderes anbieten als diesen ewigen Flammkuchen?!

Zurück bei den beiden Herren vor der Baustelle.

Der eine: Hätten Sie vielleicht Lust, zusammen mit mir dieses im Entstehen begriffene überflüssige Bauwerk in die Luft zu jagen?
Der andere: Ist eigentlich nicht mein Stil, aber Lust hätte ich schon.

Man holt einen Sprengsatz aus dem Rucksack, und: Wumm! Die Konstruktion kollabiert.

Am Ende hocken die beiden in einem schützenden Gebüsch.

Der eine: Ich fühle mich wie ein Kind nach einem Klingelstreich.

Der andere: Ich mich auch. Dabei war das eben voll der Terrorismus.

Der eine, ernst und mahnend: Diesen Unterschied kennen heute viele nicht mehr!

STERBESZENE

Ein älterer Herr liegt in einem bezaubernd sauberen Bett und dämmert der Erlösung entgegen. Um ihn herum sitzen und stehen fünf sogenannte Angehörige.

Ein hagerer Angehöriger: Onkel Dennis glaubt ja an Wiedergeburt. Ein lustiger Ort für eine Wiedergeburt wäre die italienische Stadt Todi, für ihn als Italien-Fan zumindest.
Ein dicker Angehöriger: In Sachsen-Anhalt gibt es einen Ort namens Sargleben. Auch ein lustiger Ort für eine Wiedergeburt.
Der hagere Angehörige: Finde ich nicht. Erstens liegt Sargleben in Brandenburg, und zweitens ist Sachsen-Anhalt ein sterbender Landstrich.
Der dicke Angehörige: Klischee! Es gibt dort quicklebendige Städte. In Quedlinburg habe ich neulich einen wohlschmeckenden Zander in Skyr-Sauce vorgesetzt bekommen. Skyr ist dieser neuzeitliche isländische Quark für junge Frauen. Eine der erfolgreichsten Produkt-Neueinführungen der letzten Jahre, an der ich, wie ihr wahrscheinlich nicht wißt – weil es euch nicht interessiert –, nicht ganz unbeteiligt war. Was mir in Quedlinburg vorgesetzt wurde, war jedenfalls kein fehlerhaft erhitzter Convenience-Fraß wie sonst so oft im Osten.

Der hagere Angehörige und ein bohnenstangenhafter Student mit Brille *(in zufälligem Chor)*: Glück gehabt!
Der bohnenstangenhafte Student weiter: Der Historiker und Publizist Gustav Seibt hat für die Auflösung des Bundeslandes Sachsen-Anhält plädiert.
Eine dralle Frau im Dirndl, mit einem »Hunderl« auf dem Schoß: Dann sollte sich aber sputen, wer eine dortige Wiedergeburt anstrebt.
Das Hunderl: Wäff!

Die Dralle *(zärtlich ans Hunderl gerichtet)*: Du bist doch nicht gemeint! Sondern Onkel Dennis. Das ist der alte Mann, der da in seinem Sterbebettchen liegt und nichts sagt. Hunde mag der aber gar nicht. Der mag auch keine Katzen. Der mag nur Seesterne. Dicke fleischige Seesterne. Weil er die so schön geometrisch findet. Der mag nur geometrische Tiere!
Der hagere Angehörige: Publizist ist ein komischer Beruf. Dauernd irgendwas meinen und dafür Geld einstreichen.
Die Dralle: Wenn ein Publizist stirbt, steht in der Zeitung immer: Ein publizistisches Urgestein hat für immer seine Äuglein geschlossen.
Der Student *(kabarettistisch die Floskelhaftigkeit seines Beitrages betonend)*: Oder sie schreiben: Kein anderer hat die bundesrepublikanische Nachkriegspublizistik so entscheidend mitgeprägt wie der hochverehrte Verblichene.

Die Dralle: Entscheidendes Mitprägen ist halt Lebensinhalt dieser sogenannten Publizisten.

Eine junge Frau mit queerfeministischem Pony und teuer tätowierten Armen, die aussieht wie die Kassiererin eines veganen Supermarkts in Berlin-Friedrichshain: Seid doch mal still, Leute. Onkel Dennis war doch auch Publizist.

Der Student: Noch, geschätzte Cousine, *war* er das nicht, sondern *ist* es.

Die Dralle im Dirndl *(nicht ganz unmaliziös hervorkichernd)*: Der wird nicht mehr viel publizieren!

Ob die Dralle da nicht vorschnell geurteilt hat?

Onkel Dennis öffnet nämlich plötzlich die Augen und äußert sich: Wo ich mich wiedergebären lasse, geht euch einen feuchten Holunder an!

Die Dirndl-Dame flüstert in Richtung des dicken Angehörigen: Hört, hört! Er *läßt* sich wiedergebären! Na ja, für Arbeit und Selbermachen war er sich zeitlebens zu schade.

Der dicke Angehörige flüstert zurück: Aber immer noch ganz schön sprachkreativ! Feuchter Holunder – ui ui ui! Hab ich noch nie gehört.

Der Student *(der Wissenschaft verpflichtet)*: Er kann sich ja schlecht selbst wiedergebären.

Der hagere Angehörige: In seinem Zustand jedenfalls nicht.

Die junge Frau mit den teuer tätowierten Armen: Ach, haltet doch einfach mal für einen klitzekleinen Moment eure scheißpolemischen Mäuler! Ihr scheint zu vergessen, daß hier ein Mensch stirbt. Mensch, kapiert's doch einfach mal. Ist das so schwer zu verstehen? Es ist ein Mensch, der sich hier verabschiedet, ein Mä-hensch!

Onkel Dennis, dessen Augen wieder geschlossen sind, denkt: Das Mädel mochte ich von der ganzen Bagage immer am liebsten, aber sie nervt inzwischen auch. Ich bin doch kein Mä-hensch. Ich bin einfach ein armer kranker Kerl, der abkratzt.

Der Student: Marcel Reich-Ranicki sagte einmal, die Qualität eines Schriftstellers zeige sich unter anderem darin, wie er Sterbeszenen gestaltet.
Der hagere Angehörige: Wieso?
Der Student: Meinte er halt.
Die Dralle: Wem ständig Mikrophone unter die Nase gehalten werden, muß halt immer irgendwas meinen. Ist berufsbedingt. Wenn man das Beruf nennen will.

Onkel Dennis hebt überraschend einen fleckigen Arm und schmatzt mit letzter Kraft. Offenbar will er noch irgendwas sagen.

Die junge Frau mit den Armen: Er möchte uns noch etwas sagen. Bißchen Respekt jetzt bitte. Ich hasse das Wort Pietät, aber um einen kleinen Kick Respekt möchte ich doch bitte bitten dürfen.

Die Dralle: Bislang schmatzt er nur. Er hat schon immer geschmatzt. Sogar bei meiner Erstkommunion hat er geschmatzt. War mir so peinlich: Sein Geschmatze in der Kirche.
Onkel Dennis, sich kraftlos aufbäumend: Ratten!
Der hagere Angehörige: Wie meint er das jetzt?
Die junge Frau mit den Armen: Könnte ich euch erklären.
Der Student: Na, dann erklär doch mal. Erklär doch einfach mal.

Die junge Frau: Ich hab ja früher, als ich vierzehn oder so war, Onkel Dennis ein paarmal in seinem Ferienhaus in Amalfi besucht. Und da haben wir abends immer die DVD-Box von Loriot geguckt. Und sein Lieblings-Sketch war »Der Kosackenzipfel«. Kennt ihr, oder? Wie ging das noch: Zwei Ehepaare treffen sich in einem super old school Restaurant und zanken sich wegen irgendwelcher betont abwegigen Kleinigkeiten. Und als sie dann extrem eskaliert oder echauffiert aus dem Lokal rauschen, schreit die Ehefrau von dem Ehepaar, das nicht Loriot und Evelyn Hamann ist, den anderen zum Schluß entgegen: Ratte!

Der hagere Angehörige: Verstehe!

Die junge Frau: Und Onkel Dennis meinte immer, dieser Schluß sei eine Notlösung gewesen. Loriot sei kein logischer Schluß eingefallen, und deswegen habe er die Frau am Ende einfach »Ratte« schreien lassen. Und dann erklärte mir Onkel Dennis noch, daß eine coole Notlösung in jedem Falle tausendmal besser sei als eine angestrengt konstruierte Schlußpointe.

Die Dralle: Schön. Nun wissen wir Bescheid. Hat mein Bruder also mit einer nachgeäfften Notlösung auf den Lippen unsere Welt verlassen. Hat irgendjemand in diesem illustren Sterbezimmer was dagegen, wenn ich das Fenster öffne und eine rausrauche?

SO GEHE ICH HIN UND SO GEHE ICH HER

Erst dachte ich, ach, der Herbst
Ich dachte, der Herbst kann töten
Ich dachte, was Blätter von Bäumen reißt
kann auch für Menschen nicht gut sein

Dann dacht ich, Gott, dieser Sommer
Ich dachte, der Sommer ist irre
Ich dachte, was Menschen die Kleider
  vom Leib reißt
kann auch für Bäume nicht gut sein

(oder für Träume?)

Dann kam der arglose Frühling
Ich rannte im Raum hin und her
Draußen donnerten ein bis zwei Glocken
und zweitens vergilbte mein Atem im
  Mondlicht,
was unverschämt ist, aber sprachlich okay

(Halbwegs okay!
Doch dann all der Schnee …)

In der Tat, dann der Winter, ach je, der Winter
Ich dachte, der Winter kann töten
Ich dachte, was Hirsche vor Schlitten spannt
das kann auch für Menschen nicht gut sein.

(Vor allem, was Hirsche vor Schlitten spannt
bin ich selber zeitlebens nur weggerannt
Ich rannte und sah selbst im Schnee nur noch
Schwarzes
im Dickicht des Schwarzwalds oder des Harzes)

Doch mein Geschrei
als verschiedene Schrauben den Kiefer
durchdrangen
Daß mehrere Frauen vor der Tür etwas sangen
habe ich Sau beim Geschrei nicht bemerkt

Der Sommer kam
Und ich schrie nicht
sondern habe mich irgendwo fröhlich verborgen
Fröhlich verborgen?
So fröhlich war's nicht!

So gehe ich hin und so gehe ich her
Hab manches bekommen und will immer noch
mehr
Hab Sonne im Herzen und Ärger im Blut
Will immer mehr tanzen und niemals ist's gut

So gehe ich her und so gehe ich hin
Ich danke der Krankheit, daß ich nun mal so bin
Der Gesundheit verdanke ich mehr als der
  Krankheit
und dem dämlichen Dicksein mehr als der
  Schlankheit

Was ich zuletzt gesungen habe, ist nicht richtig.
Doch was ich eigentlich meinte, ist nicht
  wichtig.

https://www.youtube.com/watch?v=d5Omkdc9miw